꽃들은 말이 없다

꽃들은 말이 없다

초판 1쇄 인쇄 · 2022년 7월 29일
초판 1쇄 발행 · 2022년 8월 10일

지은이 · 박정선
펴낸이 · 한봉숙
펴낸곳 · 푸른사상사

주간 · 맹문재 | 편집 · 지순이 | 교정 · 김수란, 노현정 | 마케팅 · 한정규
등록 · 1999년 7월 8일 제2－2876호
주소 · 경기도 파주시 회동길 337－16 푸른사상사
대표전화 · 031) 955－9111(2) | 팩시밀리 · 031) 955－9114
이메일 · prun21c@hanmail.net
홈페이지 · http://www.prun21c.com

ISBN 979－11－308－1937－2　03810
값 17,000원

36
푸른사상
소설선

꽃들은 말이 없다

박정선 장편소설

차례

프롤로그

세상은 가을이다. 섬에도 가을이 깃들었다. 하늘도 바다도 투명한 코발트 빛이다. 태양은 거침없이 허공을 횡단하며 바다를 품어 안듯 비춘다. 햇살은 정교한 살(矢)을 날리고 바람은 은빛 갈기를 세우며 물결을 스친다. 멀리 수평선은 어떤 금지의 선처럼 바다를 둘러쳐놓고 더 이상의 세계를 차단해버린다. 그 안에 '그곳'이 있다. 그곳엔 아무것도 없다. 무한의 바다, 거대한 물결은 그날의 모든 것을 지워버린 채 도도하게 흐를 뿐이다. 그래도 보이는 것이 있다. 내 눈앞에 어른거리는 싱그러운 꽃들…….

나는 고향에 내려온 후로 산 정상에 올라 바다를 바라보는 것이 유일한 일과가 되었다. 산에서 바라보면 내 시선은 어김없이 그곳에 머무른다. 바다를 횡단하는 태양도 그곳을 지나갈 때마다 걸음을 멈춘다. 물속으로 수장된 여객선을 인양하기 위해 뻗쳐놓은 크레인의 높다란 탑 꼭대기에 햇살이 잠시 앉았다 가곤 한다. 내 시선이 머물듯이 태양도 그곳을 그냥 지나가지 못한 탓이다. 인간은 존엄하기 때문일 것이다. 인간이 존엄하다는 건 무엇일까? 생명? 그래 생명이다. 사람들은 말한다. 엄마의 생살을 찢고 생명이 태어날 때, 생사를 가르는 골든타임의 경계에서 생명을 살렸을 때 인간의 존엄함을 눈물겹게 느낀다고 말한다.

내 시선이 머물듯이 태양도 그곳을 그냥 지나가지 못해 잠시 머물 때, 그때마다 신기루가 나타나듯 그들이 보인다. 싱그러운 꽃들, 수백 명 아이들이, 이제 막 꿈을 향해 날개를 펼친 열예닐곱 살 아이들이 서로 앞다투어 나를 향해 손을 흔드는 것이다. 아이들은 까르르 웃기도 하고 좋아하는 연예인에게 함성을 지르듯 뭐라고 소리치기도 한다. 내 눈에서는 나도 모르게 눈물이 흘러내린다. 가슴이 미어지도록 눈물이 흐르고 나면, 서둘러 눈물을 닦고 나면, 아이들은 수평선 너머 어디론가 사라져버리고 만다. 내 시선은 그들을 찾아 수평선의 경계를 헤매고, 사라져버린 아이들은 다시 내 눈앞에 눈부신 꽃처럼 화들짝 피어난다. 그랬다가는 또다시 사라져버린다. 아이들은 마치 어딘가에 숨어 숨박꼭질을 하듯 내 시야에서 그렇게 어른거리고, 나는 날마다 산에 올라 술래가 되지만 아이들을 찾지 못한 채 눈물 가득한 눈으로 그곳을 바라봐야 한다. 그럴 때마다 내 입에서 나도 모르게 슬픈 노래가 흘러나온다.

내 가슴은 꽃밭이 되었나 봐
길을 걸을 때도 잠을 잘 때도
가슴 가득 꽃들이 피어나
눈을 감아도 눈을 떠도
싱그러운 꽃들이 앞다투어 피어나

꽃들이 필 때마다 가슴이 아파
미어지도록 아파
어쩌면 좋아,
해처럼 웃는 얼굴 보이지 않아
신기루처럼 피었다 사라지고 말아
다가갈수록 멀어지는 무지개처럼
까르르 웃으며 달아나고 말아

어쩌면 좋아
견디기 힘들어

오늘은 비가 내려 꽃밭에 비가 내려
나도 모르게 눈물이 흘러내려
눈물 속에 꽃들이 더 환하게 피어나
꽃구름처럼 피었다 사라지고 말아

어쩌면 좋아
찾을 수 없어

솟아오른 아침 해처럼
어디선가 불쑥 나타날 것만 같은데
어디선가 숨 가쁘게 달려올 것만 같은데
소식이 없어
깜깜한 밤처럼 소식이 없어

어쩌면 좋아
꽃들은 말이 없어

멀리 여행을 떠나던 날
배웅조차 해주지 못했어
멍하니 그냥 바라보기만 했어
어쩌면 좋아
가슴이 아파
나도 모르게 눈물이 흘러내려

산이 닳도록 기다려
바다가 마르도록 기다려

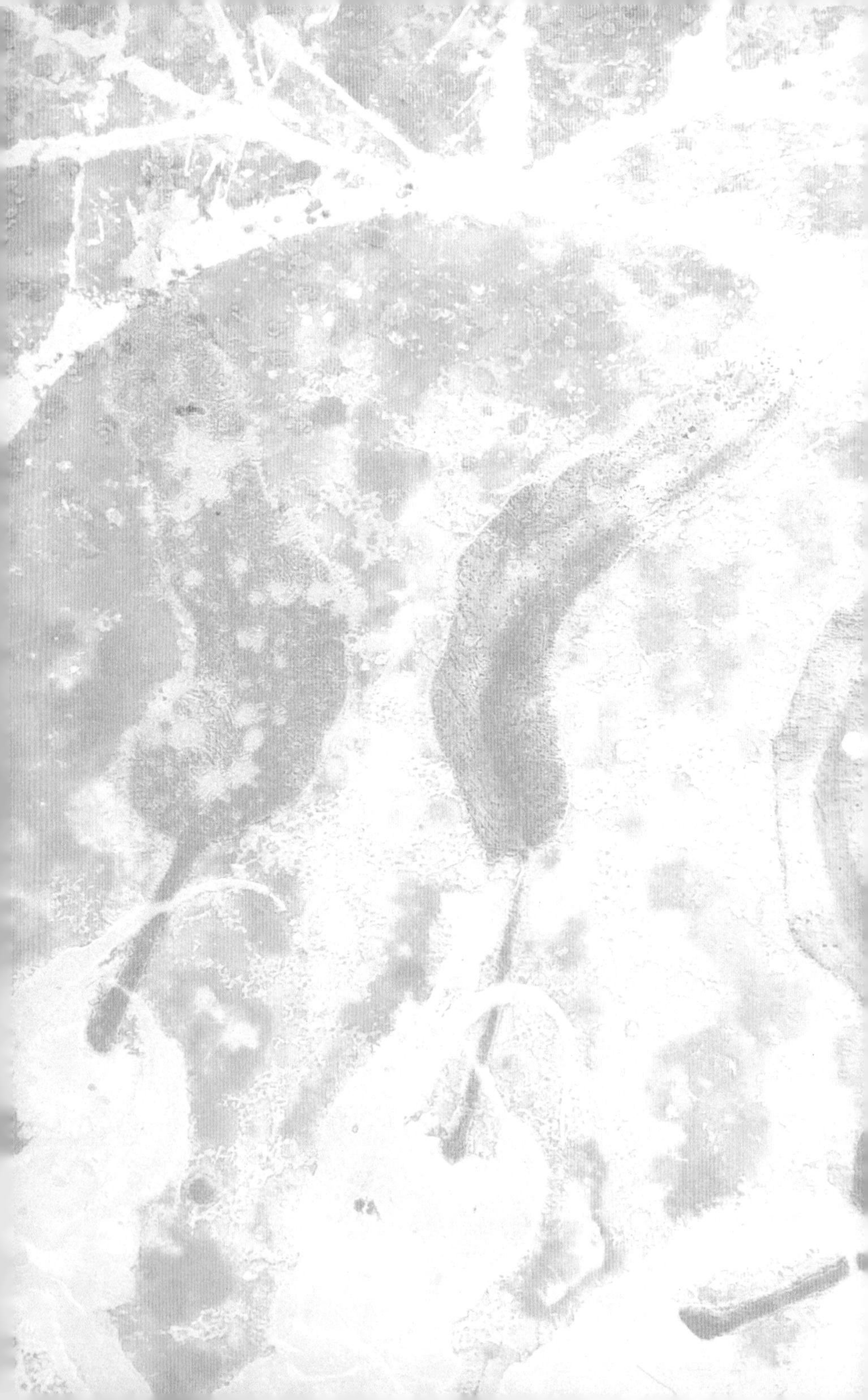

1

산에서 내려오자 방파제 쪽에서 하얀 옷을 입은 사람들이 줄지어 올라오고 있었다. 박수무당 심 씨는 우리 섬으로 들어온 것이었다. 아버지와 마을 사람들이 그를 구세주처럼 맞아들였다. 심 씨는 보조 무당 10여 명을 대동하여 여러 가지 짐을 들고 마을에서 제일 넓은 우리 집으로 직행했다. 아버지가 그들을 우리 집으로 맞아들인 것이었다. 보조 무당들은 심 씨의 제자들로 보였고, 그들도 모두 박수무당이었다. 그들이 짐을 풀고 나자 아버지가 나를 심 씨에게 소개하며 인사를 시켰다.

"처음 뵙습니다. 김용수라고 합니다."

나는 가장 존경하는 스승님에게 하듯, 허리를 90도로 굽혀 인사했다. 아버지는 내가 서울에서 초등 때부터 대학까지 유학을 했으며 지금은 서울에서 직장 생활을 하고 있는데 휴가차 내려왔다는 말을 자랑 삼아 했다.

심 씨는 나에 대한 설명을 듣는 둥 마는 둥 하면서 나를 쏘아보듯 바라보았다. 그의 유명세야 오래전부터 들어 알고 있지만 그를 눈앞에서 대면한 건 처음이었다. 건장한 체격에 날카로운 눈매를 가진 얼굴이었다. 함부로 근접하기 어려울 것 같은 엄정함이 흘렀다. 무당 특유의 카리스마에 올곧은 신념 같은 것이 어우러져 있었다. 사람을 단번에 압도해버리고도 남을 만했다.

혼령을 직접 본다는 심 씨는 눈앞에 있는 사람 속도 훤히 꿰뚫어본다는 말이 떠올라 겁이 났다. 듣던 대로 심 씨가 나를 한눈에 훑어내렸다. 심 씨의 날카로운 눈빛이 엑스레이처럼 내 속을 고스란히 찍어내는 것만 같았다. 두렵다 못해 소름이 끼쳤다.

"자네가 이걸 쓰게."

심 씨가 거침없이 나에게 묵직한 보따리를 안겨주었다.

"이게 뭐죠?"

"손으로 쓰는 것 아니네."

심 씨는 내 물음을 무시한 채 눈으로 보따리를 가리키며 손으로 쓰면 큰일 날 것처럼 말했다. 심 씨가 보따리를 풀 것을 지시했다. 나는 마치 시한폭탄을 만지듯 조심스럽게 보따리를 풀었다. 한지를 자른 뭉치 다발이었다. 거기에 수백 명의 이름이 적힌 종이도 함께 들어 있었다. 망자들 명단이었다.

"붓으로 이름자를 세로로 써야 하네."

망자들은 304명이었다. 이제 막 고등학교 2학년이 된 아이들이 거의 전부를 차지하고 있었다. 길이가 50센티 정도 되는 한지 한 장마다 304명 이름을 한 사람씩 쓰라는 것이었다. 막상 300명이 넘는 망자들의 명단을 대하자 엄두가 나지 않았다.

사망자 100명 이상은 단지 '기록일 뿐'이라고 소리쳤다는 독일의 아이히만이 떠올랐다. 유대인을 가스 학살하는 데 혁혁한 공을 세운 잔인한 학살자도 100명 이상부터는 사람의 목숨을 감당할 수 없어 숫자로 본 모양이었다. 인류사의 가장 악명 높은 유대인 600만 홀로코스트도, 일제가 죽인 260만 남경 학살도, 캄보디아 독재자 폴포트가 자기 나라 인구 4분의 1에 해당하는 200만을 학살할 때도, 한꺼번에 몇백 명씩은 죽이지 못해 나누어 죽였고, 그걸 사람의 목숨이 아니라 숫자로 봤다는 걸 생각하자 몸이 떨렸다. 떨고 있는 나를 심씨가 툭, 쳤다.

"아무 생각 말고 이름이나 정성껏 쓰드라고."

심 씨가 내 속을 훤히 꿰뚫어 본 것처럼 말했다. 심 씨는 독촉하듯 우뚝 선 채 내 행동을 지켜보고 있었다. 나는 심 씨가 보는 앞에서 한지를 한 장씩 펼치며 붓을 움직였지만 처음으로 한글을 배우는 어린아이처럼 글씨가 빗나갔다.

"손으로 쓰려고 하니 그렇지. 마음으로 쓰라고 하지 않았는가."

종이를 무려 수십 장 버리고 나자 힘이 빠졌다. 숨이 차올라 가슴이 답답해지고 말았다.

"하긴 그럴 만도 하지. 꿈자리도 예사롭지 않았을 테니."

나는 소스라치게 놀랐다. 심 씨는 내가 꿈을 꾼 것까지 다 알고 있는 것처럼 말했다.

심 씨 말대로 나는 꿈속에서도 고통스러웠다. 나는 수백 명을 태운 여객선이 바다 한가운데서 침몰하는 과정을 직접 목격했고, 물속으로 수장되는 그들의 최후를 속수무책으로 바라보아야 했다. 그건 영화가 아닌데, 눈앞에서 마치 영화처럼 바라본다는 것은 그들과 함께 물속으로 수장된 거나 마찬가지였다. 그날 이후부터 내 머리에는 동영상이 돌아가듯 그날처럼 숨 막히는 순간이 시도 때도 없이 되풀이되었다.

마치 저녁 해가 물밑으로 사라지듯이, 여객선 3층 유리창을 애타게 두드리며 물속으로 사라져버린 손들이 내 머릿속을 장악해버리고 말았다. '외상 후 스트레스 증후군이 이런 것인가!' 싶었다. 정말 그날 이후부터 내 머릿속은 내가 봤던 모든 것들이 꼬리에 꼬리를 물고 플래시백되면서 상상을 불러일으켰다.

'배가 물속으로 수장된 순간, 그들은 어떻게 되었을까. 얼마나 무서웠을까. 물속에서 마지막 순간의 공포. 아, 얼마나 살고 싶었을까, 얼마나!'

폭풍처럼 몰아치는 상상, 물속으로 사라져버린 그들에 대한 상상은 밤이면 더욱 심했다. 잠을 자면서도 그치지 않았다. 꿈은 환상이라는 프로이트의 말대로 그것은 환상에 다름 아니었다. 눈을 떠도 보이고 눈을 감아도 보였다. 길을 걷다가도, 문득 걸음을 멈추었다. 아주 예민해질 때는 식사 도중 음식물을 씹는 일도 멈추었다. 꿈을 꾸다 소리치며 깨는 것쯤이야 아무것도 아니었다. 직장에서 일을 하다가도 행동을 멈춰버리기 일쑤였다. 귓속에서 이명까지 들렸다. 환상은 환청과 이명을 동반한다는 프로이트의 말은 정확한 것이었다. 귓속에서 끄르륵, 끄르륵, 와르르, 쏴! 하는 소리가 쉼 없이 들렸다. 선체 내부로 차오른 물소리일 것이었다. 그것까지는 그래도 참을 만했다.

정작 괴로운 것은 절박한 메아리였다. 아이들의 목소리, 천길 깊은 우물 같은 곳에서 울려 퍼지는 마지막 절규, "엄마!"라는 비명이 귓속에서 메아리쳤다. 그럴 때마다 화들짝 놀라 주변을 두리번거리기 일쑤였다. 신경과에서 수면제를 처방해주었지만 소용없는 일이었다. 수면제를 먹는 날엔 비몽사몽 몽롱한 상태에서 환상이 더 심하게 나타났다. 이비인후과를 전전하기 시작했다. 이비인후과 의사들마다 고개를 갸웃거렸다. "사람이 느끼는 이명이란 헤아릴 수 없을 만큼 다양한 것이긴 하지만 김용수 씨 같은 경우는 처음입니다."라고 했다. 이명은 백이면 백 그걸 끌어안고 사는 수밖에 없다면서 고치려고 애쓰지 말고 오히려 분신으로 여기는 것이 치유의 방법이라고 했다. 그러면서 어떤 의사는 이비인후과에서 이명을 고쳐주는 게 아니라 그것에 익숙해지도록 유도해줄 뿐이라고 귀띔해주기도 했다.

나는 그 물속을 잘 알고 있었다. 물속에서 목숨이 초를 다투는 순간, 죽음이 다가오는 공포와 미치도록 살고 싶은 간절함을 너무나 잘 알고 있었다. 중학교 2학년 여름방학 때 아버지를 따라 낚시로 고기를 잡는 주낙질을 하러 바다에 나갔다가 갑자기 습격한 돌풍을 만났다. 작은 통통배는 표류하기 시작했다. 거센 파도에 배가 언제 뒤집힐지 알 수 없었다. 위험을 직감한 아버지는 나를 살리기 위해 근처에 있는 바위섬에 배를 대려고 시도했다. 아버지는 나를 배의 맨 앞부분 이물에 세워놓고 배가 바위와 가까워졌을 때 주저 말고 뛰어내려야 한다고 일렀다. 아버지가 당부하는 대로 배가 파도에 얹혀 하늘로 새처럼 날아오를 때 뛰어내려야 했다. 배가 파도에 얹혀 여러 번 바위와 가까워지기를 되풀이했지만 발이 떨어지지 않았다. 시퍼런 바다만 보일 뿐 바위가 보이지 않았다. 무서워서 꼼짝할 수가 없었다.

벌벌 떠는 나를 향해 아버지는 "용수야, 아버지를 믿고 뛰어내려! 어서!"라고 외쳤다. 나는 아버지의 다급한 외침에 떠밀려 뛰어내렸다. 정말 아버지의 말대로 내 발이 바위에 닿았다. 대신 아버지는 나를 바위에 내려놓기가 무섭게 파도에 휩쓸리고 말았다. 나를 살렸다는 생각에 아버지는 마지막 힘이 풀려버린 것이었다. 배가 금세 산산조각이 나면서 아버지가 보이지 않았다. 바위에 선 채로 미친 듯이 아버지를 부르는데 부서진 배의 파편을 붙잡고 파도에 떠밀린 아버지가 보였다. 아버지가 붙잡은 파편이 파도를 타고 나를 향해 달려왔다가 멀리 사라지곤 했다. 나는 아버지를 살리겠다는 생각으로 무조건 바다로 뛰어들었다. 그땐 바다가 보이지 않고 목숨이 경각에 달린 아버지만 보인 탓이었다. 파도가 단번에 나를 삼켜버렸다.

얼마나 됐을까. 잠수를 하듯이 내 몸이 물속 깊이 내려가기 시작했다. 물속은 고요했다. 물속에서 눈이 번쩍 떠졌다. 내 머리 위로 물 상층부까지의 거리가 보였다. 내 키 정도? 아니 내 키보다 서너 배나 높아 보였다. 나는 물 위로 올라가려고 몸부림쳤다. 몸이 날 일(日) 자로 꼿꼿하게 섰다. 아버지를 구해야 한다는 생각은 깡그리 잊어버렸다. 오직 엄마가 있는 세상으로 가고 싶었다. 물 위로 올라가려면 물을 잡고 올라가는 수밖에 없었다. 만세를 부르듯 두 팔을 위로 뻗치며 물을 잡으려고 몸부림쳤다. 죽도록 몸부림쳐도 물이 잡히지 않았다. 물은 나무나 사다리가 아닌 탓이었다.

사람의 머리는 충격적인 것일수록 가장 잘 기억한다는 말은 백번 맞는 말이었다. 그날의 충격은 내가 살아온 날 가운데 가장 뚜렷한 기억으로 나를 지배해왔다. 그래서 지금까지 내 머릿속에서 떠난 적이 없었다. 심지어 고등학교 때 전쟁 같은 입시 공부를 하면서도 그 기억은 행여 내가 잊어버릴세라 문득문득 내 의식을 흔들었다. 깊은 집중력과 몰입도를 요하는 수학 문제 가운데 미적분, 기하, 복잡한 목걸이 순열이나 통계 문제를 풀 때도 나를 일깨우는 것처럼 반드시 기억을 되살려내고는 했다.

나는 정말 그 물속을 너무나 잘 알고 있었다. 깊은 바다에 수장되는 공포, 그 공포를 안다는 것은 더욱 공포였다. 지나가던 화물선에 의해 구조될 때까지 나는 그렇게 몸부림치면서 '아, 이렇게 죽는구나.'라는 생각이 번개처럼 스쳤다. 그때 죽는다는 게 억울했던 기억과 미치도록 살고 싶었던 기억이, 깊은 우물 같은 곳에서 간절히 울려 퍼지는 소리 "엄마!" 하는 비명과 겹쳤다. 그러면서 그들의 절박한 최후가 밤마다 꿈을 통해 펼쳐지는 것이었다.

"내 등을 딛고 올라서, 어서!"

거대한 우물 같은 곳에 세 명의 남녀 학생들이 있었다. 한 용감한 남학생이 두 여학생에게 자기 등을 딛고 빨리 올라서서 밖으로 나가라고 재촉하는 것이었다. 여학생들은 차마 남학생의 등을 딛지 못한 채 발을 구르고, 쏴, 하면서 물이 쳐들어오는 소리가 급박하게 들려왔다.

"제발, 빨리!"

"넌?"

"난 괜찮아. 어서 내 등에 올라서."

"못 하겠어, 죽어도 못 해!"

"그럼 다 죽는단 말이야! 우리 모두 죽는다구!"

"너를 두고 우리만 어떻게 나가!"

물이 아이들 목까지 차올랐다. 아이들이 서로 끌어안았다. 나는 급히 아이들을 향해 "내 손을 잡아!"라고 소리치며 필사적으로 손을 뻗쳤다. 아이들이 하늘에서 내려온 동아줄 같은 내 손을 향해 손을 뻗쳤지만 닿을락 말락 하다가 놓쳐버리기를 되풀이했다. 아이들이 손을 놓쳐버릴 때마다 나는"안 돼!"라고 소리치며 잠에서 깨곤 했다. 무섭고 슬펐다. 다음 날 다시 되풀이하여 같은 꿈을 꾼다는 것은 공포였다. 날마다 밤이 오는 게 두려웠고 잠을 잔다는 건 더 두려웠다.

현장을 목격했다는 대가가 너무 가혹했다. 그걸 제거하자면 기억상실증에 걸리거나 죽어야 할 것이었다. 뇌세포에 입력되어버린 걸 제거하는 방법을 찾고 싶었다. 영화를 보거나 일본인 친구가 보내준 만화를 보거나 헬스장에서 운동을 하면서 머릿속에서 돌아가는 그 처절한 동영상을 지우려고 애썼다. 그럴수록 동영상 속으로 더 깊숙이 빨려 들어갔다. 정신 집중이 안 되면서 직장에서 일의 능률이 오르지 않았다. 일이 쌓여갔다. 더욱이 나는 업무 중 나의 직속 상관인 부장님 업무까지 거들어야 하는 탓에 일이 두 배로 쌓였다. 부장님은 나를 바라보며 "김 대리, 지금 무슨 생각을 하는 거야?"라며 흔들어 깨웠다. 내 속을 알 리가 없는 부장님은 "김 대리, 어디 아픈 거 아냐?"라고 걱정을 하며 고개를 갸웃거렸다. 나는 부장님께 속마음을 들키지 않으려고 안간힘을 썼지만 소용없는 일이었다.

모든 걸 잊으려고 할 때마다 누가 내 가슴을 탁, 탁, 치는 것 같았다. 그럴 때마다 가슴에서 통증이 일어났다. 내가 반드시 해야 할 어떤 의무가 있고, 그것을 하지 않는 한 무엇인가가 나를 용납하지 않을 것만 같았다. 도대체 '내가 무슨 일을 어떻게?'라는 의문에 봉착했다. 이미 배는 수장되었고 수백 명이 목숨을 잃었는데, 그리고 바다는 말이 없는데 내가 무슨 능력으로 어쩌란 말인가, 라는 허탈에 빠져 도무지 답을 알 수가 없었다. 그런데 심 씨가 내 속을 쏙 집어내듯 말했다.

"망자들 명단을 쓰는 일도 중요한 일이네. 그리고 가슴 통증 그거 심근경색 같은 병 아니니 그런 걱정은 말드라고."

"그걸 어떻게?"

나는 부지불식간에 그런 질문을 하며 심 씨를 쳐다봤다. 심 씨는 역시 내 말에는 관심 없이 하얀 두루마기 자락을 젖히며 다른 곳으로 가버렸다. 다시 종이를 펼쳐놓고 붓을 들었다. 그리고 명단을 보며 이름을 쓰려는데 가슴에서 또 통증이 일어났다. 손바닥으로 가슴을 비볐다. 그런 나를 심 씨가 저편에서 지켜보고 있었다.

순간, 나는 그해 봄 4월, 고향에 내려오지 않았다면 얼마나 좋았을까, 라는 생각을 하면서 붓을 놓고 말았다. 그때 고향에 내려오지 않았더라면, 내려왔더라도 곧장 상경하라는 어머니의 말을 들었더라면, 그 참담한 현장을 직접 눈으로 보지는 않았을 것이었다.

2

하늘이 무너지지 않는 한, 나는 해마다 4월이면 고향에 내려가야 하고, 그해 4월에도 어김없이 내려갔다. 동거차도에 최초로 정착하여 섬을 일군 우리 순창 김씨 가문의 엄격한 전통에 따라 제사를 지내야 하기 때문이었다. 더욱이 우리 집은 종가인 데다 문중이 빠짐없이 모이는 것을 절대적인 의무로 하고 있다. 그때도 나는 종갓집 장손으로서 가문에 대한 긍지를 갖고, 그러니까 동거차도를 일군 자손으로서 자부심을 갖고 어른들과 함께 제사 준비에 열중했다. 제사상을 차리는 것도 나이와 서열이 있어서 매우 엄중한 것이지만 아버지와 문중 어른들은 장차 제사를 물려받을 나에게 상차림을 가르쳐왔고 나는 상차림 중에 가장 까다로운 과일 올리는 일을 담당했다.

사과, 배, 밤, 대추, 그리고 우리 동거차의 특산물인 쨋밥(밤과의 도토리만 한 열매) 등 다섯 가지 과일을 마치 탑을 쌓듯이 종류별로 제기에 동그랗게 돌려가면서 높이 쌓아 올리는 일은 단순한 것 같지만 쉽지 않은 일이다. 사과와 배는 큰 과일이라 별 문제가 없어 보이지만 높이 쌓다 보면 자칫 허물어지기 일쑤이고, 말린 대추와 깎은 밤도 결을 맞추어가며 쌓아 올리기가 몹시 까다롭다. 가장 난이도가 심한 것은 쨋밥이다. 산에서 자생하는 쨋밥은 도토리와 흡사한 열매이지만 도토리보다 더 작은 탓에 고도로 신경을 써야 하는 종목이다. 그럼에도 굳이 쨋밥을 제사상에 올린 것은 우리 조상들이 섬을 일굴 때 그것을 중요한 양식으로 삼았던 탓이다. 아무튼 과일 쌓기는 도중에 이랬다 저랬다 하면서 조물락거리는 일 없이 높이 쌓을수록 좋고, 최하 다섯 단은 쌓아야 한다. 나는 어른들의 기대를 무너뜨리지 않으려고 머리를 쓰면서 무려 일곱 단까지 쌓는 데 성공했다. 어른들은 무엇보다도 쨋밥을 별 탈 없이 일곱 단까지 쌓은 것에 대하여 감탄하면서 앞으로 우리 순창 김씨 문중이 승승장구하고 내가 잘될 징조라며 기뻐했다.

자정이 되자 대청마루에 늘어선 아홉 개 제사상에 밥과 국이 오르고 향이 피어오르면서 제사가 시작되었다. 아버지를 중심으로 문중 어른들이 서열대로 잔을 올리고 절을 올렸다. 나는 맨 마지막에 잔을 올렸다. 그런 다음 30분쯤 기다렸다가 두 번째 잔을 올리고, 다시 30분쯤 있다가 밥을 떠서 냉수에 말아 올리고, 다시 한 시간쯤 뜸을 들인 후 닭이 울기 전에 상을 거두었다. 상을 거둔 것으로 제사가 끝나지 않았다. 2차로 바다 제사를 드려야 했다. 우리 섬에서는 어느 가문이나 집 제사를 지낸 다음 바다 제사를 드리는 것이 관례인 탓이다. 집 제사는 조상님을 추모하며 드리는 제사라면 바다 제사는 바다의 용왕신과 우리 바다에서 희생된 영혼들에게 드리는 제사이다.

어머니와 아버지는 별도로 마련한 제사 음식을 챙겨 들고 바닷가로 나가 음식을 차려놓고 바다를 향해 절을 했다. 절을 하고 나자 아버지는 "우리가 이만큼 사는 것이나 용수 네가 서울에서 그만큼 잘 된 것은 조상님들 덕이고, 조상님들이 대대로 섬겨온 바다가 돌봐주신 덕이란 걸 잊으면 안 된다"고 일렀다. 나는 공손한 자세로 아버지의 말을 진심으로 긍정했다. 나에게 아직도 제사를 지낸다고 빈정대는 서울 친구들이나 직장 동료들이 이런 모습을 보게 된다면 젊은 놈이 미신을 섬긴다며 조소할지 모르지만 나는 미신을 믿는 게 아니라 전통적으로 내려오는 우리 마을과 우리 가문의 관습을 존중하는 것이다. 그것이 또한 나의 도리라고 생각한다. 언젠가 부장님이 알고 "김 대리, 아무리 섬이라지만 요즘 세상에 너무한 거 아니야?"라고 했을 때도 전혀 부끄럽지 않았다. 제사는 조상을 섬기는 것에서 그치지 않고 조상의 정신을 계승시켜주면서 정체성을 굳혀준다고 믿기 때문이다. 그런데 무엇보다도 우리 동거차 바다에서 목숨을 잃은 영혼들을 위한 제사는 우리 마을 사람들의 지극한 마음이기에 자랑이라도 하고 싶은 심정이다.

어머니가 정성껏 차려놓은 제사상 앞에 공손히 앉아 바다를 향해 빌기 시작했다. 아버지도 어머니 옆에 앉아 두 손을 모았다. 나는 선 채로 묵묵히 어머니의 기원을 듣고만 있었다.

"사시사철 비가 오나 눈이 오나 우리 동거차를 보살펴주시는 용왕님네와 이 바다를 오고 가다 물에 빠져 이승을 떠난 대주님네들, 순창 김씨 가문이 드리는 제사이니 올해도 잘 잡수시고, 우리 금양호 뱃길 어미가 어린 자식 돌보듯 잘 돌봐주시기를 비나이다. 내일은 마지막 꽃게잡이를 나갈 것이니 꽃게가 구름처럼 모여들게 해주시길 비나이다. 머나먼 객지에서 직장 생활을 하는 우리 순창 김씨 가문의 장남 김용수 앞길을 살펴주시길 비나이다. 직장에서 높은 사람 눈에 꽃처럼 보이게 해주시고, 아침 해가 떠오르듯 높은 자리에 쑥쑥 오를 수 있게 해주시길 비나이다. 우리 용수 사시사철 얼굴에 웃음꽃이 떠나지 않게 해주시고, 가는 곳마다 환영받게 해주시고, 들어와도 복을 받고 나가도 복을 받게 보살펴주시기를 비나이다. 올해는 꼭 장가도 가게 해주시고……."

어머니는 여러 가지 소망을 빈 후에 제사 음식을 바다에 던졌다. 술도 부어 흩었다. 음식은 물에 떨어지기가 무섭게 가라앉았다. 밥, 떡, 생성 등이 물속으로 가라앉는 건 당연한 일인데 어머니는 혼령들이 잘 받아먹는 탓이라며 좋아했다. 그렇더라도 나는 어머니의 생각도 진심으로 긍정했다. 제사는 마을 어른들을 초청하여 나눠 먹는 것으로 끝이 났다. 제사 음식은 그날 해안으로 이

웃과 나눠 먹어야 복을 받는다는 믿음도 믿음이지만 동네 사람들과 함께 나누는 것이 우리 순창 김씨 문중의 오랜 전통인 까닭이다.

제사를 마치고 늦은 오후에야 아버지는 꽃게잡이 배를 낼 준비를 했다. 제사 때문에 사흘이나 바다에 나가지 못한 탓에 서둘렀다. 우리 섬 동거차의 꽃게는 4월이면 끝물이다. 꽃게들은 알맞은 수온을 찾아 4월 말쯤 이곳을 떠나 흑산도를 거쳐 안마도로 올라가기 때문이다. 우리 배뿐만 아니라 마을 어선들도 모두 물때를 맞춰 배를 낼 준비를 했다. 우리 배 금양호 갑판장인 숙부는 갑자기 몸이 좋지 않아 하루만 쉬겠다고 했다. 아버지는 그러라고 하면서도 선원이 한 명 모자란다면서 걱정을 했다. 문득 내가 그 자리를 채우고 싶은 생각이 들었다. 마침 휴가도 이틀이나 더 남아 있었다. 그런데 어머니가 펄쩍 뛰었다. 예상했던 일이었다.

"내일 서울 갈 사람이 배는 무슨 배. 쉬었다 가도 먼 길에 피곤할 텐데."

"내일 가지 않아도 돼요. 이번에는 시간이 남아돌거든요."

사실 제사를 지내고 바로 상경하려고 했다. 그런데 날씨가 좋아 시간이 남아돌았다. 날씨가 나쁘면 여객선이 묶이는 수가 있어 휴가를 넉넉잡아 낸 탓이었다. 배는 밤에 나갔다가 다음 날 오전까지 조업하고 들어올 예정이었다.

"그래도 배는 타지 마라. 며칠 전 꿈자리도 요상스럽고."

어머니는 집안의 중대사를 앞두고 있거나 바다에 배를 낼 때면 꿈에 대해 예민했다. 어머니뿐만 아니라 섬사람들은 모두 그랬다. 융의 해석대로 섬사람들은 꿈을 미래에 일어날 일을 보여주는 예시로 믿었다. 나는 융과 반대로 무의식 세계에 존재한 과거의 어떤 체험이 꿈으로 반영된다는 프로이트의 해석을 신뢰한다. 그렇다고 융의 해석이 틀렸다고 생각하거나 어머니에게 꿈을 프로이트식으로 해석해야 한다고 주장한 적은 없었다. 또 그럴 필요도 없었다. 정말 평소에는, 그러니까 내 귀에서 그런 끔찍한 이명이 들리기 전까지는 꿈은 단지 꿈에 지나지 않는 것으로 치부해버리고 말았다.

"또 무슨 꿈을 꾸셨는데요?"

"우리 배 같기도 하고 아닌 것 같기도 한 배가 꽃을 가득 싣고 바다를 이리저리 돌아다니더니, 새처럼 바다 위로 날아오르지 뭐냐. 참 묘하더라."

"보나마나 만선이네요. 꽃을 가득 실었으니 우리 배가 꽃게를 만선한다는 거잖아요."

"용수 말이 맞아. 작년 가을에도 임자가 그런 꿈을 꾼 다음 날 먹갈치 만선했잖은가. 그때도 배가 대꽃이 핀 대나무를 가득 싣고 바닷속으로 가라앉았다고 했거든."

"하긴, 내가 꿈만 꾸었다 하면 우리 배가 만선을 했지."

어머니는 약간 뽐내는 표정이었다.

"이번에도 틀림없어. 배가 꽃을 가득 싣고 하늘로 날아올랐으니 만선도 보통 만선이 아닐 거구만. 그도 그렇지만 임자는 해마다 끝물에 재미 본 것 잊었어?"

우리 부모님뿐만 아니라 고기잡이로 살아가는 섬사람들은 꿈속에서 배가 하늘로 날아오거나 배가 물속으로 가라앉는 것을 만선으로 해석했다. 비슷한 예로 집이 물에 잠기거나 불에 몽땅 타버린 꿈을 꿀 때도 무슨 일이 아주 잘될 징조라고 여겼다. 섬에서 '아주 잘 되는 일'이란 고기잡이배가 만선을 하거나 미역발, 김발, 톳발 등이 풍년이 드는 걸 말한다.

어머니는 꿈을 꾸고 아버지는 고기를 잡는 것 같았다. 아버지는 이번에도 어머니의 꿈을 믿으며 자신감을 내보였다. 실은 어머니가 그런 꿈을 꾸지 않았더라도 꽃게들은 다른 지역으로 가기 위해 한곳으로 떼 지어 몰려다니는 습성이 있고 그곳만 정확히 집어낸다면 어렵지 않게 만선을 할 수 있었다. 그것은 우리 동거차도의 봄 바다가 준 고마운 선물이었다.

"아무튼 배는 타지 마라. 휴가가 남아돌면 서울 가서 더 쉬면 될 일이고."

어머니는 수그러든 듯하더니 다시 반대했다. 어머니도 내가 중 2 때 주낙질 나갔다가 죽을 뻔했던 일을 잊지 못한 것이었다. 꿈자리가 이상하다는 것도 내가 배를 탈까 봐 핑계를 대는 말이었다.

"우리 용수 서울 바닥에서 돈 낳는 기계 박사여. 우리가 죽었다 깨어나도 뱃놈 될 일 없으니 임자는 그런 걱정 붙들어 매드라고."

"돈 낳는 기계 박사가 아니라 현금인출기 프로그래머지요."

"그렇게 길게 말할 거 뭐 있어. 그냥 돈 낳는 기계 박사라고 해야 사람들이 얼른 알아듣지."

어머니가 아버지의 말을 바로잡았다. 결국 아버지에게 졌다는 증거였다. 자식을 자랑스러워하는 부모님의 자부심에 가슴이 뭉클했다. 한편으로는 부모님이 자랑스러워하는 아들로서 과연 제대로 살고 있는지 의문이 들었다. 나는 가끔 그런 생각을 하지만, 이번에도 부모님의 자부심에 털끝만큼도 금이 가지 않도록 잘 살아야 한다고 마음먹었다.

"용수 너는 그물에 손도 대지 말고 그냥 구경만 해야 한다."

어머니는 하는 수 없이 내가 꽃게잡이에 동참하는 걸 허락하고 말았다. 어머니의 당부를 들으며 나는 아버지와 함께 배를 타고 바다로 나갔다. 우리 배에는 아버지와 네 명의 선원들과 나까지 여섯 명이 탔다. 말이 선원이지 모두 우리 마을 아저씨들로 서로 형님, 동생 하는 사이다.

끝물이라 바다에는 꽃게잡이 어선들이 많았다. 우리 동거차 배들뿐만 아니라 서해 지역, 남해 지역에서 크고 작은 꽃게잡이 배들이 모여들었다. 배들은 마지막 꽃게를 찾아 바다를 누비고 있었다. 해가 떨어지기가 무섭게 바다는 시커먼 궁창으로 변해버리고 말았다. 배들의 불빛이 밤하늘 유성처럼 거대한 궁창을 미끄러지듯 흘러 다녔다. 칠흑 같은 바다는 도무지 어디가 어딘지 알 수 없는데 배들은 그물이나 통발을 던질 자리를 잘도 찾아가는 것이었다.

"이럴 때 보면 아버지는 진짜 바닷사람이구나 하는 생각이 들어요."

"새삼스럽기는."

"캄캄한 밤바다에 그물 놓을 자리를 척척 찾아가는 게 너무 신기하잖아요."

"그거야 손바닥 보듯 훤하지. 너희들이 컴퓨터로 세상 구석구석을 훤히 들여다보는 것처럼."

배에는 어탐기가 있다고는 하지만 내가 보기에는 뭐가 뭔지 분간이 가지 않았다. 아버지는 그걸 열심히 들여다보더니 어딘가에서 배를 멈추게 했다.

"자, 이쯤에서 그물을 풀어보드라고."

아버지가 그물을 풀자고 하자 아저씨들이 갑판 한쪽으로 줄지어 서서 그물을 바다에 부설하기 시작했다. 나도 끼어들었다.

"용수야, 네 어머니 말 못 들었냐. 그물에 손도 대지 말라고 했잖여."

숙부 대신 갑판장 역할을 맡은 박 씨 아저씨가 어머니가 한 말을 들었는지 말렸다. 나는 더 열심히 그물을 풀었다. 어둠 속에서 바다로 그물이 잠기며 스르륵, 스르륵, 소리를 냈다. 마치 커다란 짐승이 먹이 사냥을 하기 위해 은밀히 풀숲을 헤치는 소리 같았다. 하긴 꽃게를 포획하러 물속으로 잠겨 든 그물은 꽃게를 잡으러 가는 짐승이나 다름없었다.

배는 그물과 함께 물결 따라 흘렀다. 평소 같으면 그물을 놓고 귀항했다가 다음 날 돌아와 그물을 걷어 올리지만 끝물은 사정이 달랐다. 시시각각 변하는 물의 온도에 따라 꽃게들의 움직임이 시시각각 달라진 탓이었다. 검은 바다에 하얀 부표가 뜨고 그물을 풀어버린 배는 고요해졌다. 철썩철썩, 물결이 뱃전에 닿는 소리와 마스트에서 태극기가 팔락팔락 바람 타는 소리만 들렸다. 아버지는 나에게 잠을 자두라며 침낭을 내주었다. 서울에서 내려오는 노독을 풀 새도 없이 제사를 지내느라 분주하게 움직였음에도 잠이 오지 않았다. 아버지는 아저씨들에게도 눈을 붙이게 하고는 혼자 오뚝이 앉아 부표를 지켜보고 있었다. 나는 침낭 속에 몸을 반쯤 넣은 상태로 아버지 옆에 나란히 앉았다. 갑판에 매달린 불빛 아래 아버지의 얼굴이 또렷하게 보였다.

궁창 같은 검은 바다에서 불빛을 헤치며 모처럼 아버지의 얼굴을 자세히 바라보았다. 아버지의 나이보다 많이 늙어 보였다. 도시 사람들과 비교하면 10년은 더 늙어버린 얼굴이었다. 그런데 평화로웠다. 바다를 벗 삼아 사신 탓일 거라는 생각이 들었다. 아버지는 어머니와 달리 섬에서 살아가는 것을 불평하지 않았다. 그럼에도 나는 언젠가 현대그룹 정주영 회장처럼 소라도 한 마리 훔쳐 서울로 도망치지 왜 섬에 남아 어부가 됐느냐고 함부로 말한 적이 있었다. 아버지는 그런 생각 꿈도 꿔본 적이 없다고 하면서 고기를 잘 잡는 사람은 고기를 잡고, 자동차를 잘 만드는 사람은 자동차를 만들어야 개인도 잘살고 나라도 잘살 수 있는 것 아니냐고 했다. 아버지의 말은 고전 경제학자 애덤 스미스가 국가 간의 분업을 위해 주창했던 절대 우위론과 일치한 것이었고, 나는 그게 합리적이라고 생각했다.

아버지와 달리 고모들은 일찍이 서울로 도망치듯 올라가 공장에 취직했고, 서울 사람과 결혼하여 완벽하게 서울 사람이 되었다. 남자들보다 여자들이 섬을 싫어하는 건 확실했다. 고모들은 서울 사람들에게 고향이 섬이라는 걸 말하지 않았다. 처음엔 고모들이 솔직하지 못하다고 생각했는데 나 역시 섬이 고향이란 걸 숨겨야 하는 현실에 직면하고 말았다. 중학교 때 섬놈이라는 놀림을 받은 뒤부터였다. 처음에 멋모르고 고향이 동거차도라고 말을 했던 게 잘못이었다.

중학교 2학년 수업시간에 선생님이 진돗개 이야기를 꺼냈고 나는 대뜸 아는 척을 했다. 그래서 백구가 황구보다 훨씬 똑똑하다고 말했더니 선생님이 네가 그걸 어떻게 아느냐고 물었다. 나는 신이 나서 고향이 진도라고 큰 소리로 말했다. 거기다 묻지도 않는 말까지 덧붙였다. 진돗개 순종은 꼬리가 반달처럼 말려 있고,

얼굴은 팔각형에 눈과 귀는 삼각형이며, 삼각형 귀는 약간 앞으로 젖혀져 있고, 콧등은 여우처럼 미끄러질 듯 미끈하게 잘 빠져 있고, 분홍색 동그란 콧구멍은 빗방울이 들어갈 정도로 뻥 뚫려 있다고 했다. 그때부터 선생님이 나를 기억하기 시작했는데 힘센 아이들 몇 놈이 그걸 못마땅하게 여긴 것이었다. "야, 진돗개! 섬놈답게 굴 수 없어?"라고 엄포를 놓기 시작했다. 힘센 아이들뿐만 아니라 다른 보통 아이들도 내가 뭔가 아는 척을 하면 사정없이 진돗개 섬놈이라고 윽박지르며 말문을 막아버렸다.

나는 그때부터 인간의 동물적 본능을 실감하기 시작했다. 약자를 내리누르면서 즐기고 싶어 하는 본능이 인간에게 분명히 있었다. 결정적인 사건이 일어났다. 다음 해 중학교 3학년 때였다. 밤 9시쯤 학원이 끝나고 집으로 돌아가는데, 2학년 때 그 힘센 놈들 대여섯 명이 모퉁이로 나를 끌고 가더니 빙 둘러싸면서 섬놈들은 똥오줌을 어떻게 누느냐고 물었다. 묻는 것이 아니라 다짜고짜 대라는 것이었다. 나는 벌벌 떨면서 "너희들처럼 눠."라고 했다. 그러자 "뭐? 이 새끼 보게, 우리한테 대들잖아."라고 하면서 "야, 이 새끼 옷 벗겨, 섬놈 똥구멍과 자지 좀 보자."라고 했다. 벨트까지 풀리고 바지를 막 벗겨 내리는데 모퉁이로 들어오는 차가 헤드라이트를 비췄다. 아이들은 후다닥 어디론가 도망을 쳤고, 그때 차에서 중년 아저씨가 내려 놈들의 일을 망쳐버렸다. 아저씨는 나를 살피면서 어디 다친 데는 없느냐고 물었다. 나는 울먹이며 없다고 했다. 아저씨는 나를 집까지 태워다 주면서 여러 가지 좋은 말씀을 해주셨다.

"저보다 약해 보인다 싶으면 잡아먹으려는 동물적 본능이지. 너는 모르겠지만, 겉으로 보기에는 꼭 보리처럼 행세하면서 보리를 까맣게 망쳐버린 깜부기란 게 있는데 바로 그런 놈들이야."

아저씨는 내가 깜부기를 모르는 줄 알았지만 나는 깜부기를 가지고 놀 정도로 잘 알고 있었다. 논 한 뼘 없는 우리 섬에는 밭뿐이고 봄이면 보리 물결이 바다처럼 넘실거렸다. 그런데 보리가 패서 여물기 시작하면 정말 보리와 똑같이 생긴 새까만 깜부기가 바람이 불 때마다 보리와 부딪치면서 보리를 까맣게 만들어버린 것이었다. 어른들은 "이 원수 놈의 깜부기"라고 저주를 퍼부으면서 그것들을 뽑아 일일이 화형을 시켰다. 그냥 버리면 바람을 타고 깜부기가 날아다니면서 다시 보리를 망쳐버리는 탓이었다. 그런데 철없는 아이들은 어른들 몰래 그것을 따다가 친구들 얼굴에 수염을 그리거나 땅바닥에 그림을 그리며 놀았다. 나를 끌고 가 옷까지 벗기려고 했던 놈들은 정말 깜부기 같은 놈들이라고 치를 떠는데 아저씨가 또 한 말씀을 했다.

"그런 놈들을 용서해서도 안 되고, 그런 놈들에게 져서도 안 된다."

"예?"

나는 아저씨의 말을 알아들을 수 없었다. 그 힘센 아이들을 내가 용서하고 말고가 어디 있으며, 지면 안 된다는 건 더욱 이해할 수 없는 말이었다.

"지금은 네가 힘이 약해서 당했지만 그렇다고 놈들에게 졌다는 생각을 하거나 두려워하지 말고 결코 용서해서는 안 된다는 정신을 기르라는 말이다. 세상에는 약자를 괴롭히면서 즐기는 족속들이 반드시 존재하게 마련이니까."

"왜 그래요?"

"이다음에 네가 어른이 되면 자연히 알게 될 것이야."

아저씨는 그렇게 말해주고는 나를 내려놓고 가버렸다. 나는 이다음에 어른이 되면 그 아저씨 같은 사람이 되어야겠다는 생각은 들었지만 그런 놈들에게 지면 안 된다는 생각을 가질 용기는 나지 않았다. 아무튼 나는 그때부터 아이들에게 무시당하는 게 두려워 고향이 싫어졌다. 진돗개고 뭐고 다 싫었다. 바다에서 고기 잡는 아버지가 공무원이거나, 나를 구해준 그 아저씨처럼 멋진 사람이면 얼마나 좋을까 하는 생각이 들기도 했다.

그래서 대학을 다닐 때나 군대 생활을 할 때 누가 고향을 물으면 "대한민국"이라고 대답했다. 그럴 때마다 의외로 사람들은 이 작은 땅에서 그냥 대한민국이라고 말하는 게 옳다며 공감하기도 했다. 그런데 그것도 한계가 있었다. 별수 없이 고향을 밝힌 건 직장 생활을 하면서부터였다. 직장에선 말하지 않아도 다 알게 되어 있지만, 말하지 않을 수가 없었다. 한 가족이나 마찬가지인 동료끼리 '대한민국'이라고만 말하는 건 무성의한 느낌을 줄 뿐만 아니라 동료들과 거리감을 갖게 만드는 일이었다. 그래서 고향을 밝힐 수밖에 없었는데 직장 사람들도 섬사람을 열등하게 보기는 마찬가지였다. 직장 동료들끼리 어떤 화제를 두고 갑론을박하다가 나에게 밀린다 싶으면 가차 없이 "김용수 씨, 섬 출신이 대단해. 섬에서 전복, 해삼을 많이 먹은 탓인가?"라고 은근히 비아냥거리는 것이었다. 우리나라 축구 국가대표로 아시아의 진돗개라는 별명과 함께 세계적인 명성을 떨친 선수 H씨에 대해서도, 그냥 아무개 선수 대단해, 라고 하면 될 일을 꼭 "섬 출신이 대단해."라는 말을 붙이는 걸 보면서 섬에서 태어났다는 자체가 어떤 굴레처럼 느껴지는 게 사실이었다.

점점 날이 밝기 시작하면서 수평선이 눈에 들어왔다. 물 위에 떠 있는 부표들의 움직임이 느렸다. 그물에 꽃게가 가득 채워졌다는 증거였다. 그물이 배를 슬슬 당겼다. 배가 그물 쪽으로 많이 기울어지고 있었다. 아버지는 보나마나 그물의 절반 이상이 꽃게일 거라고 하면서 이번에도 어머니의 꿈이 맞아떨어진 거라고 좋아했다.

"이게 다 조상님들께서 돌봐주신 덕이다."

아버지는 맨 먼저 조상님들에게 감사했다. 기독교 신자들이 모든 것을 하나님 뜻이라고 믿는 것처럼, 아버지는 모든 게 조상님들께서 돌봐주신 덕이라고 믿었다. 여기저기서 배들이 그물을 끌어 올리기 시작했다. 사리 때라 물살이 빨랐다. 아버지도 어서 양망을 하자고 했다. 짐작했던 대로 갑판으로 올라온 그물 안이 가득했다. 1차 양망을 끝내고 그 주변에 다시 2차 그물을 놨다. 고기가 많이 잡힌 곳은 계속 고기들이 몰려들게 마련이었다. 먹이가 많고 수온이 알맞은 곳을 찾아다닌 탓이었다.

"사람들은 걸핏하면 새대가리라고 하는데 물고기보다 더 멍청한 생물이 있을까 싶어."

꽃게들이 자기 동료들이 잡힌 곳으로 다시 찾아오는 것을 보고, 아저씨들이 물고기가 생물 중 가장 멍청하다며 웃었다. 갓 잡은 꽃게로 꽃게탕을 끓여냈다. 첫물은 뱃사람들이 먼저 먹는 법이었다. 꽃처럼 빨갛게 피어난 꽃게탕으로 아침을 먹은 다음 그물에 걸린 꽃게를 따기 시작했다. 그물에서 꽃게를 따내는 것도 쉽지 않은 일이었다. 손을 다칠 수 있다면서 아버지가 어설픈 나에게 주의를 주었다. 결국 손을 찔리고 말았다. 그물에 걸린 꽃게 발을 기술적으로 따내지 못한 탓이었다. 아버지가 그만두고 부표나 보라며 나를 밀쳐냈다.

나는 자리를 옮겨 앉아 바다에 떠 있는 부표를 바라보았다. 아직 그물이 비어 있는 탓에 부표의 움직임이 가벼웠다. 부표가 몹시 까불대며 물결을 탔다. 사실 부표를 본다는 것은 지루한 일이라 선장실에서 망원경을 들고 나와 바다를 두루 살폈다. 아득한 수평선이 가깝게 보였다. 그 안에 우리 동거차 섬이 동그마니 앉아 있었다. 유인도 35개와 무인도 200여 개 섬들 가운데 하나인 우리 섬이 유난히 작아 보였다. 나는 어쩌다 저렇게 작은 섬에서 태어났을까, 라는 생각과 함께 일본인 친구의 말을 떠올렸다. 언젠가 그가 나에게 물었다. "한국 사람들은 처음 만난 사람에게 맨 먼저 묻는 말이 고향이 어디죠?"라고 묻는데 왜 그러냐고 했다. 나는 우리나라 사람들은 같은 고향 사람끼리 뭉치기 좋아하는 탓이라고 했다. 만약 내 말이 틀렸다면 그에 따른 응분의 책임을 질 것처럼 분명하게 말했다. 그랬더니 일본인 친구는"한국은 아직도 부족사회적인 끈끈한 정을 갖고 있군."이라고 하며 웃었다. 칭찬 같지는 않았다.

바다에는 바람이 조금 일고 부표는 물결 따라 부지런히 흔들렸다. 미역발과 김발, 톳발이 모여 있는 쪽으로 망원경을 돌렸다. 마을 사람들이 미역발과 김발에 배를 대놓고 김과 미역을 채취하고 있었다. 톳은 아직 수확기가 아닌 탓에 그쪽엔 사람이 없었다. 바다에는 여기저기서 배들이 어디론가 가고 있었다. 배는 작을수록 빠르게 달리고 클수록 느렸다. 모래를 실은 바지선도 보였다. 바지선은 제자리에 서 있는 것처럼 보였다. 어려서 산에 올라가 바라본 바지선이 섬처럼 보였던 게 떠올랐다. 섬처럼 도무지 움직임이 보이지 않지만 그래도 한참 후면 자리가 옮겨져 있었다. 시커먼 화물선과 유조선도 느리기는 마찬가지였다. 화물선과 유조선은 마치 무게를 상징하듯 색깔이 모두 검거나 어둡고 무거운 색이었다.

하얀 여객선도 보였다. 여객선은 모두 세 척이었다. 두 척은 크고 한 척은 작았다. 여객선도 사람을 태웠고, 승용차부터 각종 차와 화물 따위를 실은 탓에 가볍다고 할 수 없는데 모두 흰색이라 산뜻하고 가볍게 보였다. 작은 여객선은 내가 고향에 오갈 때 타는 진명호가 분명했다. 진명호도 400톤급이라 결코 작은 배는 아니다. 진명호는 진도 팽목항에서 출발하여 종점인 관매도를 향해 가면서 열 개 섬을 경유한다. 반대로 진도 팽목으로 돌아갈 때는 관매도에서 출발하여 정해진 코스대로 열 개 섬을 거친다. 우리 동거차는 그중 하나이고, 나는 내일 모레 서울로 상경할 때도 진도를 경유해야 하기 때문에 진명호를 타야 한다.

큰 여객선은 인천과 제주를 오가는 여객선일 것이었다. 나는 그런 큰 여객선을 한 번도 타보지 않았다는 생각이 문득 들었다. 초등 시절부터 지금까지 진도 팽목에서 우리 동거차에 오는 진명호급 여객선은 수없이 타봤지만 정말 그렇게 큰 여객선은 타본 적이 없었다. 서울에서 인천은 차로 가면 되고, 제주도에 갈 때가 더러 있었지만 비행기를 이용했기 때문이었다. 진명호는 관매도에서 나와 팽목으로 가는 길이라 점점 멀어져갔다. 큰 여객선은 마치 기차의 상행선과 하행선처럼 서로 방향이 달랐다. 하나는 인천으로, 하나는 제주도로 갈 것이었다. 인천으로 가는 여객선은 진명호처럼 점점 멀어지고, 제주로 가는 여객선은 우리와 점점 가까워졌다.

나는 그쯤에서 여객선에서 눈을 떼고 다시 부표로 시선을 옮겼다. 부표는 물결 따라 조금씩 자리를 이동하고 있었다. 아직 비어 있는 그물이 가볍게 이동한 탓이었다. 아저씨들은 꽃게를 따낸 그물을 쓰레기로 정리해 한쪽으로 쌓았다. 일회용 그물은 한 번 꽃게를 잡아 올리고 나면 버려지는 탓이었다. 바람이 조금 일면서 물살이 거칠어졌다.

"물살이 세졌어요. 아버지."

"이까짓 게 무슨 물살이라고."

아버지는 아무렇지도 않게 말했지만 나는 조금 겁이 났다.

"우리가 다른 배들보다 깊이 들어오긴 했지라우."

박 씨 아저씨가 물살이 세다는 걸 인정했다.

"끝물 꽃게들이 이런 델 좋아한다는 거 몰라서 그래."

"아무튼 이쪽 물살 센 건 알아줘야 해. 포근한 날도 이 정도니."

"솔직히 말해 난 여기만 오면 날이 아무리 좋아도 오금이 저리지 뭐여."

"말을 안 해서 그렇지, 나도 마찬가지여."

"평생 이 바다에서 잔뼈를 키운 사람들이 새삼스럽기는."

아저씨들이 낮은 목소리로 말을 주고받았다. 아저씨들 말대로 우리 배는 거센 물의 경계에 가까이 와 있었다. 물굽이가 확실히 달랐다. 배의 흔들림의 강도라든지 검푸른 물결의 색깔이 그것을 말해주었다. 게다가 우리 배와 한참 떨어져 있는 곳에서는 물이 하얗게 갈기를 세우고 있었다.

"아저씨, 보이시죠?"

나는 옆에 있는 박 씨 아저씨에게 건너편 물길을 가리키며 물었다.

"저기가 맹골수 아니냐."

"참, 그렇죠."

나는 그동안 맹골수가 흐르는 곳을 까맣게 잊고 있었다. 맹골수가 집중적으로 흐르는 곳은 우리 고향 바다에서 물살이 세기로 유명한 곳이다.

"저곳은 홍수가 났을 때 밀어닥치는 물의 흐름과 같거든. 오죽하면 바다 폭포라고 부를까."

박 씨 아저씨는 경계 너머 계곡을 홍수가 났을 때의 물에 비유하다 못해 바다의 폭포라고 했다. 맞는 말이었다. 나는 망원경으로 그쪽을 살폈다. 물은 차전놀이를 하듯 서로 마주 보며 부딪치기도 하고 서로 옆구리며 등을 후려치듯 부딪치면서 하얀 포말을 날렸다. 파도가 솟아오를 때마다 높은 봉우리를 만들었다. 그걸 보자 중학교 때 아버지와 함께 생사를 넘나들던 일이 떠올라 몸서리가 쳐졌다.

"아버지, 그때 일 생각나세요?"

"그때 일이라니?"

"나 중학교 때 아버지랑 주낙질하러 갔다가 죽다 살아났잖아요."

"죽다 살아난 게 어디 한두 번이어야지."

아버지는 평생 수많은 위험을 겪은 탓에 그때 일을 대수롭지 않게 여기고 있었다. 건너편 물은 여전히 높은 봉우리를 만들었다. 그리로 들어가거나 지나가는 배는 없었다.

"저기로 가면 꽃게든 뭐든 고기가 지천인데."

"그물 던져놓고 기다릴 것도 없이 바로 건져 올려도 만선이지."

"통 큰 사람들은 더러 들어가더라고."

"오래 살고 싶으면 꿈도 꾸지 말드라고."

아저씨들이 맹골수로 들어가지 못한 걸 아쉬워했다.

"그럼 저쪽으로 들어가는 배는 없겠네요?"

"없기는, 무식이 용감이라고 저쪽 물길을 모르는 선장들이 의기양양하게 들어서는 수가 있지."

"의기양양하게요?"

"종종 여객선이나 화물선 같은 큰 배들이 맹골수를 가르며 위용을 과시하기도 하거든."

"사실 의기양양하게 맹골수를 헤치며 전진하는 배들을 보면 근사하지."

"맞아, 군함이 적군을 향해 돌진하는 것 같은 폼이니까."

"폼 좋아하다가 일내는 수가 있지."

우리가 말을 주고받는 동안 물 항에서는 꽃게들이 물 항 밖으로 나오려고 야단이었다. 서걱서걱 서로 몸을 비비는 소리가 댓잎이 바람 타는 소리처럼 들렸다. 물 항 밖으로 엄지발을 걸쳐놓은 놈들도 더러 있었다. 갈고리가 달린 장대로 놈들을 밀어 넣으려 했지만 좀처럼 엄지발이 떨어지지 않았다. 잘못하다가는 엄지발이 떨어지는 수가 있고 그러면 상품 가치가 떨어지게 마련이었다. 한 놈이 내 운동화 위로 엄지발을 턱, 걸치며 나에게 도전했다. 아저씨들이 쫓아와 능숙한 솜씨로 엄지발을 떼어냈다. 날카로운 꽃게 엄지발이 운동화 따위를 뚫는 건 문제가 아니라며 주의를 주었다. 그때 한 아저씨가 감격에 찬 목소리로 외쳤다.

"아이고야, 벌써 그물 땡긴 것 보드라고!"

"이쯤에서 양망해도 되겠네요, 형님."

"암은, 끌어 올려야지."

아버지도 신바람 난 목소리로 화답했다. 모두 2차 양망을 서둘렀다. 평소보다 무려 한 시간이나 빠른 양망이라며 아저씨들이 좋아했다. 배가 그물 쪽으로 당겨갈 지경이었다. 말 그대로 그물이 터지도록 꽃게가 가득 찬 모양이었다.

"이번에도 용수네 엄마 꿈이 딱 맞아떨어진 것 봐라!"

아버지는 나를 향해 흥분을 감추지 못했다. 끌어 올린 그물은 입을 다물지 못하게 했다. 즐거운 비명을 지를 틈도 없이 아버지는 바다에 모여 있는 꽃게들이 흩어질세라 그 주변에 다시 그물을 부설할 것을 지시했다. 아저씨들이 서둘러 또 그물을 놓았다. 벌써 세 번째였다.

"이게 바로 끝물 재미란 거다."

아저씨들이 기분 좋게 웃으며 꽃게를 따기 시작했다. 나는 이번에도 부표를 담당했다. 부표는 물결을 잘 타고 있었다. 나는 다시 망원경으로 바다를 살폈다. 큰 여객선들이 어디쯤 가고 있는지 궁금했다. 인천으로 가는 여객선은 가물가물 멀어졌고 제주도로 가는 여객선은 우리와 더 가까워져 있었다. 그런데 제주행 여객선이 거센 맹골수를 향해 유유히 전진하고 있었다. 정말 의기양양해 보였다. 드디어 여객선이 들어서자 물이 거세게 저항했다. 마치 자기 영역을 침범한 침략자를 몰아내려는 짐승처럼 크르릉, 하고 소리를 지르며 일어서는 것 같았다. 배가 하얀 파도에 반쯤 휩싸인 채 전진했다. 아저씨들 말대로 하얀 물살을 거침없이 가르는 폼이 근사해 보였다.

"여객선이 계곡으로 들어갔어요!"

나는 대단한 일을 발견한 것처럼 큰 소리로 말했다.

"음, 그렇긴 한데 저 정도 큰 배야 뭐."

"그래도 위험부담이 따를 텐데 왜 저기로 가려고 할까요?"

나는 어쩐지 걱정이 되어 그런 질문을 하면서 박 씨 아저씨를 쳐다봤다.

“저 물길을 타면 속력이 배나 빠르고 그만큼 기름도 절약되거든. 말하자면 비행기가 제트기류를 타면 속력이 빨라지게 되고 연료가 절약되는 것과 마찬가지로.”

박 씨 아저씨의 말에 의하면 시간 절약이거나 기름값 절약 때문일 것이었다.

“보통 빨리 가려고 그런다는데 그게 다 유혹이지 뭐여.”

“그렇고말고, 돌아가는 게 지름길이지.”

“선장이 자신 없으면 떠밀어도 못 들어가지. 저렇게 큰 배를 모는 선장이 그걸 모르겠냐고.”

“그것도 맞는 말이여. 저기가 어디라고. 지 목숨도 달려 있는데.”

아저씨들은 다소 걱정을 하면서도 큰 배를 믿었다. 나도 여객선의 규모를 믿으며 걱정을 접기로 했다.

아저씨들은 다시 3차 양망을 기대하며 꿈에 부풀었다. 우리 배는 그물과 함께 천천히 흘렀다. 나는 할 일이 없어 이번에도 망원경을 맹골수를 타는 여객선 쪽으로 맞췄다. 그런데 이상했다. 여객선이 제자리에 멈춰 선 것처럼 꼼짝하지 않았다.

“어!”

내가 놀라자, 박 씨 아저씨가 망원경을 빼앗아 살펴보더니 얼굴색이 변했다.

“형님, 저 배 무슨 사달이 난 것 같은데요.”

“기관 고장 난 것 아니여?”

박 씨 아저씨와 아버지가 걱정스럽게 말했다. 다른 아저씨들도 망원경으로 여객선을 살피며 말을 주고받았다.

“어라, 배가 미끄러진 것 같은데?”

“물살에 미끄러진 것 맞아.”

배가 미끄러진 것 같다는 아저씨들의 말을 나는 이해할 수 없었다. 도시에서 눈이나 빗물 때문에 차가 미끄러지는 것은 흔한 일이지만 바다에서 배가 미끄러진다는 것은 처음 듣는 소리였다.

“배도 미끄러지는 게 있나 보죠?”

“있고말고. 배가 급한 물살에 튕겨 나가는 수가 있지. 빗길에서 자동차가 과속하다가 미끄러지듯이.”

“저 배 과속한 것 같아.”

“빨리 가려고 저 길을 택했다면 과속했다고 볼 수 있지.”

“저기가 어디라고 속력을 내. 신출내기 선장이 아니고서야.”

“저렇게 큰 배에 설마 신출내기 선장이 탔을라고.”

아저씨들은 배가 물의 속력을 타야 하는데 물의 속력을 무시하고 함부로 과속을 하다 보면 배가 물살을 이기지 못하고 미끄러지듯이 흘러가는 수가 있다고 했다.

아저씨들의 말을 듣던 아버지가 망원경으로 현장을 자세히 살폈다. 그러고는 서둘러 양망을 재촉했다.

“빨리 그물 끌어 올리드라고.”

아저씨들은 양망기를 돌리기 시작하고 나는 아버지에게 망원경을 받아들고 계속 여객선을 살폈다. 여객선은 꼼짝하지 않을 뿐만 아니라 옆으로 기울어진 것 같았다.

"아버지, 배가 옆으로 기울어진 것 같아요!"

나는 큰 소리로 외쳤다.

"양망 멈춰!"

"양망을 멈추라니요?"

"언제 그물을 끌어 올려. 그냥 가야지."

아버지는 끌어 올리던 그물을 바다에 버려두고 여객선이 있는 곳으로 빨리 가야 한다고 독촉했다.

"아무리 급해도 꽃게는 건져 올려야지요."

"내버려두고 가자니까. 여긴 우리 바다야. 우리 바다에서 사고 나면 누가 답답한데. 한두 번 겪어봤어?"

"그래도 그렇지요. 꽃게가 가득 찬 그물을 버리고 갈 수는 없지요."

아저씨들은 아버지의 말을 듣지 않은 채 계속 양망기를 돌렸다. 성미 급한 아버지가 도끼를 가지고 와 양망기와 연결되어 있는 롤러 줄을 끊어버렸다.

"형님!"

박 씨 아저씨가 놀라 소리쳤다. 말릴 틈도 없이 일이 벌어지고 말았다. 아저씨들이 펄펄 뛰며 화를 냈지만 아버지는 못 들은 척

했다. 아저씨들이 그물을 건지려고 뱃머리를 틀었다. 아버지가 벼락같이 달려들어 조타기를 빼앗아버렸다.

"하긴, 고래 심줄 같은 순창 김씨 고집을 누가 꺾겠어."

박 씨 아저씨가 손을 털며 고개를 흔들었다. 다른 아저씨들도 포기하고 말았다. 우리 배는 귀찮은 혹을 떼어버린 것처럼 꽃게가 가득 찬 그물을 버리고 여객선 쪽으로 향했다. 때마침 수협 정보국에서 보낸 무전이 도착했다. 동거차 앞바다에서 여객선이 사고가 났으니 지금 현장에 있는 어선들은 서둘러 구조 작업에 나서달라고 했다. 우리 동거차 이장도 무전을 쳤다.

"하필이면 꽃게잡이 끝물에 무슨 날벼락이여."

박 씨 아저씨가 무전을 받으며 한숨을 퍼냈다.

3

우리 배가 현장에 도착하자 해경 헬기가 날아오고 있었다. 곧이어 해경 경비정이 도착하고, 여기저기서 어선들이 줄지어 달려오기 시작했다. 가까이에서 바라본 여객선은 거대한 배였다. 배는 벌써 좌현으로 15도 이상 기울었고, 우현은 물속에 있어야 할 흘수선 아래까지 밑창이 드러난 상태였다. 그리고 기울어진 쪽은 2층까지 물에 잠겨 있었다. 어마어마한 여객선이니만큼 배에서 사람들이 떼를 지어 쏟아져 나올 것 같은데 그러지 않았다. 다만 바다 위에서 구명조끼를 입은 사람들 수십 명이 허우적거리고 있었다.

"빨리! 빨리!"

아버지가 바다에서 허우적거리는 사람들을 빨리 건져 올리라고 소리쳤다. 아버지는 마치 전장에서 진두지휘하는 장수 같았다. 아버지의 지시에 따라 우리는 물에서 허우적거리는 사람들에게 구명줄을 던졌다. 바다에서 허우적거리는 사람들은 한곳에 있지 않고 여기저기에 흩어져 있었다. 여객선 바로 밑에 사람들이 더 많았다. 아버지는 그곳으로 배를 몰 것을 지시했다. 박 씨 아저씨가 서둘러 배를 여객선 가까이 접근하려고 시도했다. 그때 해경선에서 접근하지 말라는 경고 방송이 나왔다.

"왜 접근을 막는 거죠?"

나는 다급한 목소리로 박 씨 아저씨에게 물었다.

"원심력 때문일 거다."

"원심력이요?"

"우리 배가 접근하게 되면 그 동력으로 넘어진 배에 영향을 미칠 수가 있어서겠지."

우리 배가 여객선에 접근하기에는 너무 큰 탓이라는 말이었다. 우리는 제자리에 선 채로 현장을 바라볼 수밖에 없었다.

해경 경비정에서 내린 구명보트와 우리 배의 10분의 1 정도밖에 안 되는 어선들이 여객선과 밀착하여 민첩하게 움직였다. 헬기는 마치 건물 옥상으로 구조 바구니를 내리듯 넘어진 여객선으로 바구니를 내려 서너 명씩 사람들을 바구니에 담아 올렸다. 우리의 역할은 따로 있었다.

작은 배들이 바다로 뛰어내린 사람들을 건져 올려 우리 배 같은 큰 배로 옮겨주면 우리는 다시 해경 구조선으로 옮겨주었다. 바다에 떨어져 있는 사람들을 모두 건져 올렸을 때는 벌써 여객선 3층이 절반쯤 잠기고, 바다에는 더 이상 건져 올릴 사람이 없었다. 그쯤에서 해경선이 작은 어선들에게 여객선과 떨어질 것을 명령했다. 위험을 경고하면서 경적을 울렸다. 급속하게 기울어가는 여객선의 원심력에 소형 어선들이 휘말릴 수 있는 탓이었다. 나는 망원경을 들고 여객선을 살폈다. 3층 선미 쪽 객실에서 유리창을 치는 사람들이 보였다. 말소리는 들릴 리 없고 애타게 유리창을 치는 손짓만 보였다.

"아버지, 객실에서 사람들이 유리창을 치고 있는 것 같아요."

아버지가 망원경을 빼앗아 보더니 소리쳤다.

"저 사람들을 구해야 한다. 어서 배를 몰아."

아버지는 박 씨 아저씨에게 여객선을 향해 배를 몰 것을 지시했다. 박 씨 아저씨도 원심력 문제를 미처 생각할 틈 없이 여객선 가까이 접근하기 위해 배를 몰았다. 그러자 해경선이 경적을 울리면서 스피커를 통해 우리 배를 제지했다.

"금양호, 물러나라. 위험하다."

우리 배는 어쩔 수 없이 또 물러서고 말았다. 해경선은 그래도 안심이 안 되는지 2차 피해 발생 우려가 있으므로 어떤 어선이든 사고 여객선 접근을 금지한다고, 되풀이해 방송했다.

우리는 다시 제자리로 돌아와 애타게 유리창을 치는 3층 사람들을 바라만 보고 있어야 했다. 그런데 어디선가 우리 배의 10분의 1 정도밖에 안 되는 소형선이 여객선 앞으로 접근하더니 3층 사람들을 향해 두 팔을 번쩍 들어 올리며 바다로 뛰어내리라는 신호를 했다. 그러자 3층에서 대여섯 사람이 바다로 뛰어내렸다. 사람들이 뛰어내리자 소형선이 번개처럼 그들을 건져 올렸다. 그때 해경선이 "돌고래호, 여객선과 떨어져라!" 하고 명령했다. 2톤이 될까 말까 한 작은 배 돌고래호는 정말 돌고래처럼 민첩하게 움직이면서 물에서 건져 올린 사람들을 가장 가까운 곳에 있는 우리 배로 옮겨주었다. 우리는 다시 해경 구조선으로 그들을 옮겨주었다. 구조한 사람들을 우리 배에 인계한 돌고래호는 다시 여객선 가까이 접근했다. 해경선에서는 계속 "돌고래호, 물러나라!" 하고 명령했다. 돌고래호는 듣는 척도 하지 않은 채 계속 여객선 앞을 맴돌았다. 3층이 물속으로 절반쯤 잠길 무렵 이번에는 방향이 다른 여객선 선수 쪽 객실에서 손바닥으로 유리창을 치는 사람들이 보였다.

이번에는 또 다른 소형선이 나타나더니 그들을 향해 손짓으로 뛰어내리라는 신호를 했다. 돌고래호와 새로 나타난 소형선이 함께 선수 쪽에서 그들을 향해 애타게 손을 흔들었지만 그들은 오도 가도 못 하는지 손으로 유리창만 칠 뿐 움직이지 않았다. 그때 해경선에서 급하게 소리쳤다.

"보라호, 돌고래호, 물러나라! 사고선에서 물러나라! 위험하다! 빨리 안전 구역으로 나오라!"

해경선은 목이 터지도록 방송을 반복하면서 경적을 울렸다. 보라호라는 말에 우리는 깜짝 놀랐다. 우리 숙부의 배도 보라호였다. 숙부는 3톤 정도 되는 소형선을 갖고 있었다.

"보라호라면, 작은아버지 배 아닐까요?"

"나도 지금 그 생각을 하고 있는 중이다."

아버지도 나와 똑같은 생각을 하고 있었다. 나는 망원경으로 소형 어선들을 살폈다. 돌고래호 선장은 잘 모르겠고, 보라호 선장은 숙부가 틀림없었다.

"아버지, 숙부 맞아요."

"이만한 일 아니더라도 벌떡 일어나는 성민데 지 몸 아프다고 누워 있을 사람 아니다."

아버지는 숙부가 사람들을 구조하려고 목숨을 걸다시피 한 걸 당연하게 생각했다. 한 잎 낙엽 같은 보라호와 돌고래호가 기울 대로 기울어진 여객선 밑으로 빨려 들어갈 것만 같았다. 여객선은 빠르게 절벽으로 변해가고 있었다. 두 소형선이 절벽을 이룬 여객선 아래서 계속 맴돌았다. 해경선에서 "돌고래! 보라!" 하면서 다급하게 소리쳤다. 소형선들이 비로소 여객선과 조금 떨어졌다. 그때였다. 여객선이 몸을 틀었다. 그 여파에 조금 물러선 소형선들이 반원을 그리며 한참을 튕겨 나갔다.

여객선은 급속히 3층까지 물속으로 잠겨 들었다. 선수 쪽 3층 사람들이 미친 듯이 손바닥으로 유리창을 쳤다. 우리는 돌아가며 망원경으로 그들을 주시했다.

"워매! 저걸 눈 뻔히 뜨고 그냥 바라보고 있어야 하다니!"

박 씨 아저씨가 발을 구르며 두 손으로 배의 난간을 쳤다.

"참말로 눈 뜨고는 못 볼 일이여!"

다른 아저씨들도 한탄하며 발을 굴렀다. 아버지는 망연자실한 채 말문을 열지 못했다. 나는 있는 힘을 다해 두 손을 꼭 쥐며 몸을 떨었다.

그때 마치 바다로 미끄러지듯 잠겨버린 석양처럼, 손바닥으로 유리창을 치던 사람들이 물속으로 사라져버리고 말았다. 3층 사람들이 물속으로 사라져버린 후 곧이어 여객선이 선체를 뒤집기 시작했다. 물속에 잠겨 있어야 할 배의 밑바닥 절반쯤이 물 위로 드러났다. 배가 모로 누운 것이었다. 객실이 절벽이 되고 갑판은 객실처럼 되었을 것이었다. 거미가 아닌 이상 그 누구도 경사진 그 절벽을 기어오르지 못할 것이었다.

다시 수협 정보국에서 연락이 왔다. 우리 어선들에게 사고 여객선 주변에 머물면서 바다에 쳐놓은 그물을 거두지 말고 그대로 두거나 배에 실린 그물을 바다에 던져놓고 혹시 떠내려갈지 모를 실종자들을 막아달라고 했다. 순간 우리가 버리고 온 그물이 떠올랐다. 사고 현장과 조금 멀기는 하지만 아버지의 주장대로 버리고 온 게 잘한 일이라는 생각이 들었다. 그런데 아버지는 수협 정보국의 당부가 끝나기가 무섭게 배에 남아 있는 그물을 마저 던져 넣으라고 지시했다.

"어서, 던져 넣드라고."

아버지의 지시에 따라 아저씨들은 배에 남아 있는 그물을 모두 바다에 던져 넣었다. 이제 우리 배에는 꽃게를 따버린 쓰레기 그물만 쌓여 있었다.

배는 다시 어린아이가 뒤집기를 하듯 선체를 완전히 뒤집고 말았다. 배의 밑바닥이 하늘로 향했다.

"이젠 틀려부렀어. 배 밑바닥이 하늘을 보고 있는데 사람이 무슨 수로 살아남아."

"마지막 사람들이 눈에 선해 미치겠구만, 유리창을 치던 손들 말이여!"

"차라리 안 봤어야 했는데."

"모르는 게 약이라는 말이 백 번 맞아."

아저씨들이 절망했다.

"모든 게 문제투성이여. 헬기도 그렇고."

아버지가 느닷없이 헬기를 탓했다.

"헬기가 왜요?"

"넘어진 배 위에서 헬기가 돌면 불난 데 부채질한 거나 마찬가지제. 헬기 바람이 어떤 것이냐고."

"듣고 보니 그렇네요. 원심력 때문에 20톤짜리 우리 배도 다가가지 못하도록 막았는데."

아저씨들은 미처 거기까지 생각하지 못했다는 듯 한탄했다. 아버지의 말은 헬기 바람이 원심력을 도와주게 되어 배가 더 빠른 속도로 가라앉았을 것이라는 생각이었다. 일리가 있었다. 헬기 바람이 얼마나 센지는 설명할 필요가 없었다.

아버지는 초조한 얼굴로 자꾸 하늘을 쳐다봤다. 해를 보면서 물때와 시간을 가늠한 것이었다. 뱃사람들은 바다에서 시계 대신 해를 보는 습관이 있었다. 아버지가 자꾸 하늘을 쳐다보자 한 아저씨가 시계를 보면서 11시라고 했다. 아버지는 들물 때라면서 한숨을 크게 쉬었다. 들물은 물살이 센 탓에 배가 더 빨리 가라앉을 수 있었다. 오전 11시면 사고가 발생한 지 불과 두 시간이 지났는데, 배는 벌써 물속으로 거대한 몸을 감추어버린 채 가장 가벼운 부분인 뱃머리만 제비 꼬리처럼 까딱 쳐들고 있었다. 짙은 블루 빛 흘수선 밖으로 선체의 흰 바탕이 겨우 보였다. 해경 구조대원으로 보이는 사람들이 그곳으로 올라가 망치로 배를 꽝꽝 두드렸다.

"그런데 저 사람들 지금 무슨 짓 하고 있는 것이여."

"생존자가 있는지 확인하는 모양이구만."

"환장할 일이여. 저기가 물탱크 자린데 저기서 망치질한다고 물속에 있는 배 안으로 소리가 들릴 턱 있어."

"물탱크가 소리 전달을 방해하나요?"

나는 이해가 되지 않아 박 씨 아저씨에게 물었다.

"방해할 정도가 아니라 완전히 차단해버리지."

듣고 보니 박 씨 아저씨의 말은 맞는 말이었다. 나는 어려서부터 배의 밑창을 잘 알고 있었다. 고기잡이를 쉴 때는 배를 자갈이 있는 갯가로 끌어 올려놓고 수리를 했고, 친구들과 숨바꼭질을 할 때면 배 밑으로 들어가 숨곤 했다. 그때마다 우린 몽돌을 주워 들고 술래를 놀리느라 배 밑바닥을 통통 두드렸다. 그러면 배 전체로 울림이 퍼졌다. 술래는 소리가 어디서 나는지 알 수 없어 허둥댔고 우리는 그게 재밌어 계속 몽돌로 배 밑창을 두드렸다. 그런데 아저씨들 말에 의하면 물탱크 때문에 소리가 배를 울리지 못한다는 것이었다.

"저 사람들이 지금 육지에서 건물이 무너진 줄 아나 보구만."

"1초가 급한데 저러고 있을 때가 아니지. 빨리 머구리를 풀어 배 안으로 들어가 사람 구할 생각을 해야 할 것 아니냐고."

"구조는 애당초 포기했어. 2차 피해만 생각하고 여객선 가까이 아무도 접근하지 못하도록 막는 데 급급했잖은가."

"그럼 배가 저대로 가라앉도록 내버려둔단 말이여."

"보면 몰라. 손 놓고 멀거니 바라보고 있는데."

"그럼 우리라도 어떻게 해봐야 하는 것 아니여?"

"어떻게?"

"여기에 모여 있는 유조선, 화물선들하고 줄잡아 50여 척 우리 어선들만 달려들어도 배가 가라앉는 걸 최대한 막을 수 있을 텐데."

"맞아, 해볼 만하지."

"당장 수협에 무전 쳐서 우리 생각을 말해보는 게 어때?"

"이 양반들, 뭘 몰라도 한참 몰라. 그걸 우리 맘대로 해? 나라에서 하는 일을 우리가 무슨 권한으로 이러고저러고 하냐고."

"나라에서? 어느 세월에, 장관, 총리, 대통령이 바닷속으로 들어가 사람을 업고 나오기라도 해? 목숨이 초를 다투는데 높낮이 따질 때냐고."

"말이야 맞는 말인데 현실이 어디 그러냐고."

"사람이 죽어가는데, 개똥이면 어떻고 쇠똥이면 어때? 사람만 살리면 되지. 지금 속수무책 아니냐고."

정말 속수무책이었다. 아버지는 배가 마지막 부력으로 버티는 거라면서 한숨을 퍼냈다. 인근에서 지켜보던 유조선과 화물선들이 슬슬 뱃머리를 돌리기 시작했다.

"모두 뱃머리를 돌리고 마네. 하긴 할 일이 없는데 여기 있어봐야 아무 소용 없는 노릇이지."

"바다에 대해 아무것도 모르는 양반들이 높은 학교 졸업장 하나로 높은 자리에 앉아 있는 탓이지 뭐여."

"그래서 이놈의 세상이 높은 학교 졸업장에 목숨 거는 거지."

유조선과 화물선들이 떠나는 것을 바라보며 아저씨들이 안타까움을 못 이겨 화를 냈다.

"그런데 유조선이나 화물선 같은 배들을 이용했더라면 정말 배를 붙잡을 수 있었을까요?"

나는 아저씨들의 말을 이해할 수 없었다.

"배가 가라앉는 걸 최대한 막을 수 있지. 가라앉더라도 속도를 늦추거나 배를 정상적인 각도로 돌릴 수도 있고."

아저씨들 말로는 배가 넘어진 쪽에서 90도로 밀면 아무리 거대한 여객선이라 하더라도 물속에서는 비중이 가벼워지는 탓에 제위치로 돌아올 수 있고, 또 침몰선 선수에 줄을 묶어 주위에 있는 유조선 같은 큰 배에 연결하면 배를 수평으로 돌릴 수도 있다고 했다. 그런데 모든 것은 국가가 할 일인 데다 때늦은 이야기였다.

TV 뉴스를 본 건 오후 3시 30분쯤 집에 돌아온 후였다. 다른 배들은 현장에서 꼼짝 못 했지만 우리 배는 내가 서울로 상경해야 하는 탓에 잠시 섬으로 돌아왔다. 집에 도착하자 어머니와 문중 할머니들이 모여 TV를 보고 있었다. 나는 비로소 넘어진 배가 인천에서 제주도로 가는 대형 여객선 스타호이며 모두 476명이 탔다는 걸 알았다. 승객 대부분이 수학여행을 가는 고교생들로 교사 14명을 합해 325명이 탔고 나머지 151명은 일반 승객과 승무원들이었다. 그때까지 구조된 사람은 모두 194명이었다. 해경 헬기가 12명을, 해경 구명정이 81명을, 우리 어선들이 101명을 구조했다고 해경청 인사가 나와 발표했다. 우리 어선들이 가장 많은 사람을 구했다는 것에 가슴 뿌듯해야 할 일이, 오히려 가슴이 미어졌다. 배에는 아직도 사람이 300명 이상이나 남아 있는 탓이었다.

"그러면 그렇지. 사람이 다 어디로 갔나 했더니!"

아버지가 탄식했다. 생방송 특집으로 보내주는 뉴스는 계속 슬픈 소식을 전해주고 있었다. 우리가 구조한 아이들 가운데 남학생 한 명이 숨졌다고 했다. 구명조끼를 친구에게 벗어주었는데 친구는 살고, 저는 죽었다는 남학생 사진이 TV 화면에 나왔다. 얼굴이 희고 떡 벌어진 신체가 사나이답게 생긴 아이였다. 뉴스를 듣던 아버지는 "어린 학생이 친구 살리자고 지가 죽다니!"라고 하면서 넋을 놓았다. 그러더니 "아이고, 내가 지금 이러고 있을 때가 아니지. 나는 다시 현장으로 가봐야 하니 용수 너는 내일 아침 배로 올라가거라. 나는 아무래도 내일 아침에도 못 들어올 것 같다."라고 하시며 다시 바다로 나갔다.

뉴스는 계속되었다. 아나운서는 사망한 남학생이 구명조끼를 친구에게 벗어주고 바다로 뛰어들었다는 말을 여러 번 되풀이했다. 어머니는 "워매, 징한 거! 생때같은 새끼들 어쩌까이! 어쩌까이!" 하면서 손으로 가슴을 쳤다. 뉴스는 사고가 난 여객선에 대해서도 자세히 설명해주었다. 방송국 스튜디오에는 이미 선박 전문가와 해양 전문가들이 나와 있고, 그들의 말에 의하면 스타호는 일본 어느 해운사에서 18년 동안 사용한 것을 우리나라 해운회사가 고철 값에 사 왔으며, 고철에 가까운 배를 들여와 돈을 벌게 해준 것은 국가라고 했다. 2009년에 개정된 법 때문이었다. 그때 연안 여객선의 수명을 최대 30년으로 늘려준 법이 통과된 탓에 C 해운회사는 버려도 아깝지 않은 배를 헐값에 사다가 승객과 화물을 몇 배로 더 실을 수 있도록 불법 증개축을 했고, 나라에서는 그걸 바다에 띄워 돈을 벌도록 허가를 해준 것이었다.

그러면서 패널들은 당시 정부가 해운업계를 활성화시킬 목적이 있었고, 제주 수학여행도 가급적이면 배로 갈 것을 권장했다며 정부가 민영화를 너무 지나치게 밀고 나간 탓이라고 비판했다. 나는 놀람을 주체할 수가 없었다. 일본에서 이미 수명이 다된 배의 수명을 연장해준 국가의 잘못이 너무나 큰 탓이었다. 어머니도 분노했다.

"저런 벼락 맞을 놈들, 일본이 버린 것을 똥값에 사다가 사람을 죽이다니."

어머니는 해운사가 돈을 벌기 위해 썩은 배를 바다에 띄웠다는 것만 생각한 탓에 해운사를 향해 욕을 했다. 나는 해운회사보다 나라가 더 큰 잘못을 했다고 설명했다.

"해운회사도 잘못했지만 나라가 더 큰 잘못을 했거든요."

"나라가 더 큰 잘못을 하다니, 왜?"

"저런 배를 사서 돈벌이하도록 나라에서 법으로 허가를 해주었기 때문이에요."

"그게 참말이여? 그럼 나랏놈들이 더 죽일놈들이구만."

뉴스는 또 선장과 승무원들이 승객들을 버리고 자기네들만 살겠다고 탈출했다면서 해경의 구조를 받고 있는 선장 일행을 보여주었다.

"저 살자고 도망친 선장 놈이나 썩은 배로 돈벌이하게 해준 나라나 모두 똑같은 놈들이여."

어머니는 배에서 탈출하는 선장의 모습이 나오자 또다시 욕을 퍼부었다. 선장은 속옷이나 다름없는 반바지 차림으로 급히 배를 벗어나고 있었고 해경 구조대가 그를 구조해주고 있었다.

"그런데 저놈들 뉴스는 아침부터 지금까지 계속 나오는데 왜 대통령은 아직까지 뉴스에 안 나오는 거냐?"

어머니는 갑자기 생각이 났다는 듯이 나에게 물었다.

"그럴 리가요. 어마어마한 사건이 터졌는데 대통령이 뉴스에 안 나오다니요?"

"내 말이 그 말이여. 홍수만 나도 테레비에 맨 먼저 대통령이 나오던데 이번에는 무슨 일인지 대통령이 안 보이니 하는 소리지."

나는 어머니의 말을 믿을 수가 없었지만 정말 뉴스에 대통령 얼굴이나 대통령에 대한 언급이 없었다.

그리고 오후 5시가 조금 지나자 비로소 중대본부에 대통령이 노란 점퍼를 입고 나와 있는 뉴스가 나왔다. 중대본부 팀들이 대통령에게 현재 상황을 보고하고 나자 대통령이 조심스럽게 입을 열었다.

"참담한 현실입니다. 이제 5시가 넘어서 일몰 시간이 다가오는데 일몰 전에 생사 확인을 해야지 하는 그런 생각입니다. 다 그렇게 구명조끼를 학생들이 입었다고 하는데 그렇게 발견하기가 힘듭니까? 지금요?"

"배 안에 갇혀 있기 때문에 구명조끼가 크게 의미가 없는 것 같습니다."

대통령은 매우 걱정스럽게 말을 했지만 말은 두서가 없고 앞뒤가 맞지 않았다. 학생들이 구명조끼를 입고 바다에 떠 있는 것으로 알고 있는 것으로 보아선 아직 상황을 제대로 모르고 있다는 생각이 들었다.

"워매! 이제사 저런 소릴 하면 어쩌까이. 아이들이 바다에 둥둥 떠 있는 줄 아나 보네."

어머니가 답답함을 못 참아 한탄했다. 배 안에 갇혀 있기 때문에 구명조끼가 크게 의미가 없는 것 같다는 중대본부의 대답도 어이없기는 마찬가지였다.

TV는 쉬지 않고 사고에 대한 뉴스를 전하고, 나는 계속 TV에서 눈과 귀를 떼지 못했다. 뉴스는 구조대 인력을 자세히 전해주고 있었다. 사고가 나고 3시간 40분 만에 해군 특수구조단 UDT 9명이 사고 현장에 도착했고, 구조대 196명이 현장에 투입됐다고 했다. 정부가 육군 특전사 150명을 투입했으며 해군 해난구조대 SSU에서 82명이 현장에 도착했고, 추가로 UDT 114명이 현장에 투입됐다고 했다. 또 서해 해경 경찰청장이 직접 브리핑을 하면서 지금까지 함정 164척, 항공기 24대와 특수구조단 178명을 투입했다고 발표했다.

뉴스대로라면 그야말로 거대한 구조단이었다. 대한민국 최고 구조대가 우리 동거차 사고 해역으로 총집결한 것이었다. 그런데 이상한 일이었다. 사고가 나고 3시간 40분 만이라면 오후 2시경이고, 내가 적어도 현장에 오후 3시까지 있었지만 그런 거대한 구조단이 바다 어디에 있었는지 알 수 없는 일이었다. 만약 그런 거대한 구조단이 투입됐다면 어느 정도 성과가 나왔어야 했다. 나는 해병대 출신이므로 SSU와 UDT가 어느 정도 규모이며 실력은 어떤지 기본적으로 알고 있었다.

해군 해난구조대 SSU와 해군 특수전전단 UDT는 한국 최고의 구조대로, 두 팀 모두 세계에서 가장 유명한 미국 해군의 잠수 매뉴얼을 그대로 따라 만든 단체다. 둘 다 전시나 어떤 경우에 군함이 침몰한다든지 해군의 함정이 지나가는 길목에 암초나 장애물이 있을 때 잠수를 해서 수중 폭파 작업을 하는 임무를 띠고 있다. 둘의 차이점이라면 UDT(해군특수전전단)는 수평돌파를 하는 임무를 담당하고, SSU(해군 해난구조대)는 수직돌파를 담당하는데 무려 100미터까지 내려갈 수 있는 포화잠수 능력을 갖추고 있다.

거기다 SSU는 잠수에 대한 모든 장비를 갖추고 있는데, 장비 중에는 마크 시리즈라는 게 있다. 마크 시리즈는 잠수사가 2인 1조로 물속에 투입될 수 있도록 보조하는 개방형 탑승 장비로 수면 밖에 있는 사람과 소통이 가능하여 물속에 있는 잠수사에게 필요한 여러 가지 보조 장비를 제공할 수 있는 특수한 장비 체계이다. 이런 뛰어난 장비 덕분에 한국 잠수 명장 1호에서 5호가 모두 SSU 출신이라는 것은 잘 알려져 있는 일이기도 하다.

그렇다고 꼭 장비 덕분만은 아니다. 이들의 '핀마스크 훈련'은 인간의 한계에 달하는 수준이기 때문이다. 마스크는 잠수사들이 착용하는 눈과 코를 덮는 고글인데, 고글 안에 바닷물을 가득 채운 상태로 밥도 먹고 걸어 다니면서 물을 자기 분신처럼 접하는 훈련을 하는 것이다. 코와 눈으로 물이 들어가는 것은 당연한 일이다. 군사독재 시대에 시위하는 학생들을 붙잡아다가 코에 물을 넣으며 고문하면 간첩도 만들어지고 역적도 만들어졌다는 그런 고난도의 고통을 감내해야 하는 훈련이다. 바다 수영 6킬로미터 역시 혹독한 훈련이다. 그러니 뉴스에서 말한 대로 그런 훌륭한 구조대가 사고 현장에 대거 출동했다면 성과가 상당히 나왔어야 했다.

뉴스는 숨 쉴 틈 없이 계속되었다. 다시 해경과 해군이 전문 잠수 인력 40명을 투입하여 네 차례 선내 진입을 시도했고 해군 구조대원 2명이 선실 3곳에 진입했지만 물이 차 사람을 발견하지 못했다면서 물살이 거세 선실 수색을 중단한다고 했다. 어머니는 "그래도 저녁은 먹어야지 어쩌겠냐."라고 하시면서 저녁상을 차렸다. 수저를 들고 밥을 뜨려는데 배 밖에서 사망자 세 명을 발견했다는 뉴스가 나왔다. 시신이 배 외부로 흘러나오기 시작한 것이었다. 손에서 숟가락이 저절로 빠져나갔다. 어머니도 숟가락을 놓고 말았다. 그때 마을회관 스피커에서 알리는 말이 나왔다.

"알립니다. 우리 마을 어선들이 밤에도 사고 현장에서 실종자 유실을 막기 위해 그물을 쳐놓고 지켜야 하니 배를 낸 가정에서는 남자들을 기다리지 말기 바랍니다."

때마침 TV 뉴스에서도 밤 구조 작업을 위해 인근 섬들의 오징어잡이 어선들과 일반 어선들을 모조리 불러 모아 집어등을 켜서 밤바다를 밝힌다고 했다. 그리고 다시 선체 밖으로 흘러나온 시신 2구를 건져 올렸다는 뉴스가 나왔다. 모두 아이들이었다. 아이들 시신을 건져 올렸다는 뉴스가 나올 때마다 나는 자리에서 벌떡 일어났고 어머니는 "생때같은 새끼들을 어쩌까이."를 반복했다. 뉴스는 밤새도록 쉬지 않고 계속되었다. 총리가 진도 체육관을 방문했다가 실종자 유족들에게 거센 항의를 받으며 물세례를 맞는 장면을 보여주었다. 자식이 바다에 잠겨 죽어가고 있는데 속수무책이라면, 총리 아니라 신에게라도, 물이 아니라 불이라도 던질 것이었다.

그런데 어머니는 "아이고, 그래도 높은 분인데 저래도 되는 거냐?"라고 했다. 나는 "어머니, 유족들이 너무한 것처럼 보이세요?" 라고 물었다. 어머니는 그때서야 "맞다, 자식이 물속에 있는데 무슨 짓인들 못 하겠느냐."라고 하시며 앞에 했던 말을 재빨리 수정했다. 그러면서 "이 지경에 물벼락을 맞는 높은 사람이 안돼 보인 이놈의 속내가 무슨 조화인지 모르겠다."라고 하시며 자신을 탓했다. 부모들이 총리에게 물벼락을 씌운 이유는, 거대한 구조대가 아이들을 구조한다고 믿었는데 아무래도 이상해 부모들이 배를 빌려 타고 사고 현장에 가봤더니 구조대나 구조하는 사람을 눈을 씻고 찾아봐도 없는데, 뉴스에서는 마치 대규모의 구조대가 출동하여 선실에 갇혀 있는 아이들을 구조하고 있는 것처럼 국민들에게 거짓말을 한 것 때문이라고 했다.

밤이 되자 문중 어른들이 우리 집으로 몰려왔다. 나이 육십을 바라보는 아버지가 사고 현장에서 좀처럼 돌아오지 못하자 걱정이 된 탓이었다. 우리 문중의 종손인 아버지를 염려하는 것은 순창 김씨 문중으로서 당연한 일이었다. 자칫 종가의 중심인 아버지에게 무슨 일이라도 일어나는 날엔 문중의 기둥이 흔들리는 일이라고 생각하는 사람들이었다. 밤에도 수색 작업을 할 수 있도록 불빛으로 바다를 밝힌다는 뉴스와 함께 바다에서 낙하산 조명탄이 터지기 시작했다. 바다에는 메아리가 없는데도 펑펑 터지는 조명탄 소리가 우리 마을까지 울려 퍼졌다. 불꽃은 5분쯤 공중에서 머물며 바다를 비추다가 바다로 떨어지곤 했다. 불꽃이 우리 섬으로 날아들 것만 같아 모두 불안해했다.

어머니는 나이도 나이지만 허리가 좋지 않은 아버지가 바다에서 나와야 한다고 문중 어른들과 의논했다. 문중 어른들이 서둘러 이장을 찾아갔다. 아버지를 당장 바다에서 돌아오게 해달라고 이장에게 조른 모양이었다. 이장이 우리 집으로 와 오늘 밤만은 어쩔 수가 없고, 내일부터는 현장에 나가지 못하게 하든지 나가더라도 밤에는 돌아오게 할 테니 조금만 참아달라며 문중 어른들을 달랬다. 문중 어른들은 오늘 밤만 잘 넘기면 된다면서 인내하려고 애썼다.

TV에서 눈을 떼지 못한 채 고스란히 뜬눈으로 날을 밝혔다. 세상이 뒤바뀌어버린 아침이었다. 아버지는 아침에도 바다에서 돌아오지 않았다. 아버지는 순창 김씨 종손이라 해도, 또 누가 뭐라 해도 돌아올 분이 아니었다. 마을 아줌마들이 남편들 걱정을 하며 바닷가로 나가 바다를 바라보고 있었다. 평소 같았으면 미역 양식장으로 나갈 시간이었다. 나는 어쩔 수 없이 서울로 가기 위해 준비를 서둘렀다. 어머니는 그 와중에도 부장님에게 갖다 드리라며 말린 전복, 말린 옥돔, 굴비 등을 정성껏 싸주었다. 어머니와 함께 여객선 진명호가 닿는 선착장으로 나갔다. 문중 어른들이 배 타는 곳까지 나와주었다. 할아버지 할머니들이 품속을 더듬어 만 원짜리 지폐 한 장씩을 꺼내 여비에 보태라면서 내 옷 주머니에 넣어주었다. 나는 사양하지 않고 받았다. 이것도 옛날부터 우리 문중에서 전해 내려오는 하나의 관습인 탓에 사양하는 것은 오히려 도리가 아니었다.

4

내가 탄 진명호는 우리 고향 바다에 흩어져 있는 유인도 서른다섯 개 섬들 가운데 큰 섬 10여 곳을 경유하여 진도 팽목항에 닿았다. 팽목항에 내려 시외버스를 타고 광주로 간 다음 기차를 타야 했다. 이미 뉴스를 통해 알고 있었지만 팽목항은 아수라장이었다. 곳곳에 하얀 텐트가 설치되어 있고 수많은 사람들이 우왕좌왕하며 울음과 아우성으로 뒤엉켜 있었다. 때마침 사고 현장에서 아이들 두 명이 인양되어 들어왔다. 시트를 걷고 신원 확인을 한 부모들이 땅바닥으로 풀썩 내려앉았다. 나는 막상 눈앞에서 시신을 목격하자 선 채로 부동이 되고 말았다. 발이 땅에 붙어 떨어지지 않았다.

부동이 된 채 내가 지금 어디로 가야 하는지 전혀 생각이 나지 않았다. 그렇게 멍한 상태로 꼼짝할 수가 없는데, 폰이 울렸다. 우리 부서 부장님이었다. "야, 하필이면 김 대리 고향이냐."라고 하며 지금 어디냐고 물었다. 자기 부하직원 고향에서 일어난 일이라 더욱 신경이 쓰인다는 투였다. 하긴 대한민국이 충격에 휩싸여 있는데 부장님이라고 다를 리 없었다. 나는 비로소 정신을 수습하며 팽목항이라고 말했다. 그리고 조금 망설이다가 "휴가를 하루만 더 연장해주면 안 될까요?"라고 물었다. 나는 도저히 발길이 떨어지지 않아 그런 요청을 했고 부장님은 흔쾌히 허락해주었다. "일부러 자원봉사하러 가기도 하는데 기왕에 현장에 있는 거 하루쯤 못 하겠느냐."라고 했다. 대신 하루 이상은 절대 안 된다고 못을 박았다.

부장님과 전화를 하는 사이에 또 아이들이 들어왔다. 팽목항에 닿은 해경 구조선에서 세 개의 들것이 내려졌다. 모두 시트에 덮인 시신이었다. 시신이 되어 돌아온 아이들은 흠뻑 젖은 몸으로 차가운 땅바닥에 누워 신원 확인을 기다렸다. 울컥 터지려는 울음을 어금니로 꽉 물고 하늘을 향해 심호흡을 펴냈다. 가족관계를 확인하기 위해 몰려든 부모들이 선뜻 다가서지 못한 채 사시나무 떨듯 부들부들 떨었다. 부모들은 시신이 되어 땅바닥에 누워 있는 아이들이 자기 아이가 아니기를 간절히 바라는 표정이었다. 배가 물속으로 선체를 거의 감추어버렸는데도 부모들은 여전히 자기 아이들이 살아서 돌아올 것이라고 믿고 있는 탓이었다. 결국 확인 절차가 진행되고 시신으로 변한 아이들의 부모들은 실신하여 땅바닥으로 쓰러지고 말았다.

나머지 부모들은 다시 구조선을 기다렸다. 팽목항에는 생존자가 들어오는 곳과 시신이 들어오는 곳이 나뉘어 있었는데, 부모들은 실낱같은 희망을 붙들고 구조선이 팽목항을 향해 다가올 때마다 구조선 방향을 주시했다. 점점 부두가 가까워지는 구조선의 방향은 부모들뿐만 아니라 부두에 몰려 있는 모든 사람들의 피를 말렸다. 부모들은 구조선이 생존자가 들어오는 곳으로 향하기를 간절히 빌다가 사망자가 들어오는 곳으로 뱃머리를 트는 순간 망연자실 넋을 잃었다. 그런 식으로 구조선이 들어와 가족관계 확인 절차가 끝날 때마다 부모들의 운명이 달라졌다.

다시 생존자가 들어오는 곳으로 몰려가는 부모들은 정말 희망을 붙드는 기회를 얻는 것처럼 보였지만 좀처럼 생존자는 들어오지 않았다. 내가 팽목항에 내린 지 한 시간 동안 아홉 명이 죽어서 돌아왔다. 아직 물속에 잠겨 있는 선실 진입은 이루어지지 않았고, 아홉 명 모두 여객선 밖으로 흘러나온 아이들이었다. 어떻든 구조선이 부지런히 와야 생존자든 사망자든 돌아올 수 있을 텐데, 구조선도 뜸해지기 시작했다.

오전 10시 30분이 지나자 구조선도 좀처럼 나타나지 않았다. 나는 실종자 가족들이 머물고 있는 체육관으로 갔다. 천여 명의 실종자 가족들이 모여 있는 체육관은 슬픔으로 가득 찬 공간이었다. 숨이 막혀 가슴을 쓸어내리는데 다시 폰이 울렸다. 이번에는 일본인 친구였다.

"미안해."

"유키오가 왜 미안해."

"우리 일본 배가 한국에 가서 그런 참사를 냈잖아."

"아니, 이건 일본 잘못이 아니야. 일본이 버린 고철로 돈벌이를 하게 만든 우리나라가 잘못한 거지."

"사실 그 말은 일리가 있어. 지금 일본에서 뭐라는 줄 알아? 한국 사람들은 일본 선박이라면 혼이 빠질 정도로 좋아한다는 거야. 그게 고철이든 뭐든 가리지 않고, 그래서 옛날부터 한국은 일본 선박 쓰레기 처리장이라고 했다는군."

"그럴 수가."

"그렇지만 따지고 보면 일본에서 수명이 다한 배를 팔아넘긴 건 사기라고 생각해. 이건 국가 간에 있어 금지해야 할 일이야."

"그래, 유키오 말이 맞아. 이건 국제 사기로 외국에 대한 도리가 아니니까."

"진심으로 미안해. 나는 유니세프 회원인데, 유니세프 회원으로서 매우 부끄러워. 우리가 세계 아동들을 돕는 것은 자라나는 아이들의 생명과 인권을 위해서인데, 한꺼번에 수백 명 생명을 잃게 만들었으니……."

유키오는 울컥해져 더 이상 말을 잇지 못했다. 진심으로 미안해하는 그가 고마웠다. 유니세프 회원으로서 부끄럽다는 그의 말은 많은 생각을 하게 만들었다. 그리고 한국이 일본 선박 쓰레기 처리장이라는 말에 나는 충격을 받았다. 유키오는 자기 나라 사기 행각에 대해 자꾸 미안해했지만 나는 유키오에게 창피했다.

체육관에는 대형 TV가 설치되어 있어 뉴스를 통해 사고 현장부터 시작하여 진도 팽목항 상황, 부모들이 모여 있는 체육관 등 모든 상황을 볼 수 있었다. 부모들은 몸을 제대로 가누지 못해 쓰러지듯 서로 기대고 앉아 TV를 보며 구조 소식을 기다리고 있었다. 좀처럼 구조선이 오지 않자 여기저기서 어머니들이 허공을 향해 울부짖으며 땅을 치는가 하면, 어떤 어머니는 가슴을 두 주먹을 쥐고 마구 치면서 피 말리는 심정을 이겨내느라 안간힘을 썼다.

구조가 뜸해지자 TV에서는 어제 했던 뉴스를 되풀이했다. 승객을 버리고 자기네들끼리 탈출하면서 구조받는 선장과 그 일행들을 또 보여주었다. 어제부터 여러 번 본 뉴스였지만 볼수록 분통이 터졌다. 여기저기서 자원봉사자들이 "어떻게 저런 인간에게 배를 맡길 수 있어!"라며 분개했다. 뉴스는 생존자의 증언을 바탕으로 승무원 박지은 씨와 교사들의 활약을 자세히 설명하고 있었다.

25세 승무원 박지은 씨는 다른 승무원들이 도망갈 때 승객들을 살리기 위해 3층, 4층, 객실을 종횡무진 뛰어다니며 승객들을 구하다가 물속으로 사라졌으며, 교사 남윤찬, 최현주, 전수진, 유해리, 이해성, 고창준 등도 학생들을 구하려고 안간힘을 쓰다가 물속으로 사라지고 말았다고 했다. 소방 호스로 학생들을 구해낸 중년 남자도 뉴스의 초점이 되었다. 우리 배가 사고 현장에서 더 이상 건져낼 사람이 없어 물러나 있을 때, 여객선 안에서는 사투가 벌어진 것이었다. 아무도 모르는 공포의 물속, 내가 중학교 2학년 때 체험했던 그 공포의 물속에서 그들이 그때의 나처럼 사다리를 찾고 있었다는 것을 생각하자 가슴속 실핏줄이 모조리 터져버린 듯 쓰라렸다.

배는 아직 제비 꼬리처럼 선수를 치켜들고 있지만 그것마저 점점 길이가 줄어들고 있었다. 어제는 3미터라고 했는데 오늘은 2미터라고 했다. 부모들은 겨우 2미터 정도 남아 있는 뱃머리에 모든 희망을 걸고 있었다. 거기에 아이들 목숨이 달려 있는 것처럼 있는 힘을 다해 마음으로 그것을 붙들고 있었다. 거대한 배의 마지막 2미터, 사람 같으면 그것은 산소호흡기로 숨을 쉬는 마지막 숨구멍이었다. 나는 그 숨구멍이 제발 기적을 일으켜주기를 빌면서 자원봉사에 합류했다. 체육관을 돌며 물을 날라주기도 하고 주변 정리를 하면서 뉴스에 촉각을 세웠다. 실종자 구조에 더 이상 성과가 없었다.

때마침 해경의 한 인사가 "가족들이 성화를 대니 배를 뚫는 흉내라도 내라."라는 말을 해 체육관이 발칵 뒤집히고 말았다. 어머니들이 분노를 참지 못해 항의하다가 기절하기도 했다. 또 해경에서 배 내부에 산소를 공급하기로 했는데 그것도 여의치 않아 연기됐다고 발표하자 부모들이 미친 듯이 허둥댔다. 해경의 이런저런 계획은 시시각각 바뀌고 말만 무성했다. 되는 일이라곤 아무것도 없었다. 견디다 못한 부모들 사이에서 고함이 터져 나왔다. 링거를 꼽고 있던 한 어머니가 링거 줄을 뜯고 일어나 절규했다.

"다 거짓이었어! 이런 식으로 지금까지 우릴 속이면서 흉내 내기만 했다니까!"

그 어머니는 있는 힘을 다해 고함을 지르다 실신했다. 의료진이 들것을 밀고 달려와 실신한 어머니를 임시 응급실로 옮겼다. 뉴스에서는 계속 선장이 승객들을 버리고 자기네 승무원들만 살겠다고 탈출한 이야기, 모 장관이 실종자 가족들이 머물고 있는 체육관을 방문했다가 라면 먹은 이야기, 공무원들이 방문하여 기념사진 찍은 이야기 등을 전해주고 있었다. 그때 또 한 어머니가 가슴을 치며 울부짖었다.

"선장 처벌하는 거? 승객 숫자 틀린 거? 국회의원이 막말한 거? 장관이 라면 먹은 거? 공무원들 기념사진 찍은 거? 그런 거 우리는 하나도 중요하지 않아. 그런 거 말고 제발 우리 아이들 건져내란 말이에요! 우리 아이들을!"

분노는 계속되었다. 이번에는 어떤 아버지가 일어나 소리쳤다.

"민간 잠수사들은 사실상 현장에서 협조해주지 않아 구조 활동을 못 했고, 사고 첫날 해군 해난구조대 SSU와 해군 특수전전단의 해군잠수사 UDT 수백 명을 현장에 투입했다고 했는데 그들은 어딨냐고! 또 사고 첫날 밤 조명탄을 쏘는 문제만 해도 그래. 영화계에서 무료로 조명을 해주겠다고 달려왔는데 돌려보냈고, 그런 유명한 잠수사들을 쫓아 보낸 속셈이 뭐냐고! 뭔가 있어도 단단히 있다니까!"

그게 사실이라면 마지막 기회마저 놓쳐버린 것이었다. 조명만 해도 그랬다. 영화계의 조명이라면 어선들을 불러 모아 바다에 밤새 세워놓지 않아도 될 일이었다. 또 함께 공조하면 훨씬 더 효과적일 것이었다.

둘째 날, 생존자는커녕 아무런 진전도 없이 시간만 흘러갔다. 오후로 접어들었다. 해가 점점 햇살을 거두면서 바다를 향해 기울어가고 있었다. 그때 갑자기 체육관이 웅성거렸다. 대통령이 온다고 했다. 대통령이 직접 현장을 방문한다고 하자 희망이 솟구쳐 올랐다. 뜻밖의 소식에 나도 가슴이 뛰었다. 내가 그 정도인데 부모들의 기대는 말할 필요가 없었다. 종이 한 장 들어 올릴 힘조차 없어 보인 어머니들이 자리에서 벌떡 일어났다. 나는 시계를 봤다.

오후 4시 30분이었다. 이미 체육관 밖에서는 삼엄한 경계를 펼치고 있었다. 경호 차량과 취재 차량으로 장사진을 이루었고 검은 정장 차림을 한 경호원들이 일렬로 우후죽순처럼 서 있었다. 곧이어 경호원들이 후다닥 체육관 안으로 들이닥치더니 "비켜주세요." 라고 다급하게 소리치며 사람들 한가운데로 길을 냈다. 모세의 지팡이에 의해 홍해가 갈라지듯 사람들이 양옆으로 쫙 물러섰다. 넓게 열린 길을 따라 대통령이 체육관으로 들어섰다. 부모들이 대통령을 향해 몰려들자 경호원들이 재빠르게 접근을 제지했다. 부모들은 경호원들을 아랑곳하지 않고 계속 대통령을 향해 손을 뻗쳤다. 한 어머니가 재빠르게 대통령 앞에 무릎을 꿇고 앉아 "제발 아이들을 살려주세요."라고 애원했다. 왕조 시대에 임금님 앞에 꿇어 엎드려 선처를 비는 옛날 백성 같았다. 그럴 것이었다. 부모들의 심정은 오직 대통령만이 희망이었다.

경호원들이 다시 제지하는 사이에 대통령이 단상에 올라섰다. 단상에 올라선 대통령은 안타까운 심정으로 먼저 부모들에게 위로의 말을 했다. 부모들이 너도 나도 말을 하고 싶어 하자 대통령을 보좌하는 정부 인사가 부모들을 향해 대표로 한 사람만 나와 대화를 해야 한다고 했다. 갑자기 대표로 나설 사람을 찾느라 부모들이 우왕좌왕했다. 곧 50대쯤으로 보이는 남자가 서둘러 단상으로 올라가 대통령과 말을 주고받았다. 부모 대표 치고는 너무 침착하다 싶었는데 알고 보니 희생자 학생들 학교가 있는 지역에서 자원봉사차 내려온 목사라고 자신의 신분을 밝혔다. 목사와 10여 분 동안 이야기를 나눈 대통령이 부모들을 향해 위로의 말을 한 다음 구조에 대한 소견을 밝혔다.

"정부는 가능한 최대한의 지원과 편의를 아끼지 않을 것이며, 현재도 최선을 다해 구조 작업을 벌이고 있습니다. '마지막 한 분까지 구조될 수 있도록' 최선을 다하겠으니 희망을 잃지 말고 구조 소식을 기다리시기 바랍니다."

말을 마친 대통령의 표정은 결연해 보였다. 부모들과 똑같은 심정으로 보였다. 사실 사람이라면 누구나 그런 상황에서 안타까움이 밀려들게 마련이지만, 나는 역시 여성 대통령이라 모성애가 발동한 것이라고 생각했다. 대통령 선거 때 어머니 같은 대통령을 선거 유세 핵심어로 내세웠던 게 떠오르기도 했다. 당선된 다음에는 국민들이 어머니 같은 대통령이 되어달라고 부탁했던 것도 떠올랐다. 뭐니 뭐니 해도 "마지막 한 분까지 구조될 수 있도록"이란 말에 눈이 번쩍 뜨였다. 신뢰가 갔고 마음이 놓였다. 그런데 정작 부모들의 반응은 내 생각과 달랐다.

"아니요, 지금까지 속고 또 속았습니다."

부모들이 믿을 수 없다며 일제히 아우성을 쳤다. 나는 대통령의 말을 못 믿는다는 것에 깜짝 놀랐다. 대통령도 놀란 표정이었다.

"그럴 리가 없습니다. 오늘 이 자리에서 제가 여러분들과 나눈 이야기들이 지켜지지 않으면 해수부 장관은 물론 여기 있는 분들 책임지고 물러나야 합니다."

대통령은 단호했다. 대통령이 엄한 표정으로 주변에 둘러서 있는 정부 인사들을 둘러봤다. 해수부 장관이 공손하게 두 손을 모으고 선 채 고개를 숙였다. 그래도 부모들은 미덥지가 않아 당장 명령을 내려달라고 소리쳤다.

"대통령님, 말이 아닌 명령을 내려주세요. 지금 이 자리에서요!"

"이게 바로 명령입니다."

대통령의 말이 떨어지자 대통령을 빙 둘러선 보좌진들이 박수를 쳤다. 그러자 여기저기서 그들을 따라 박수를 쳤다. 단상 아래 모여 있는 수많은 사람들 틈에서도 박수가 터져 나왔다.

박수 소리에 나는 어안이 벙벙해지고 말았다. 대통령의 결단과 약속이 아무리 전폭적인 것이라 하더라도 천길 바닷속에 수백 명 목숨이 수장되어 죽어가고 있는데 박수 칠 상황은 아니었다. 그런데 박수는 이미 쳐졌고, 박수의 의미가 두 가지로 느껴졌다. 단상에서 보좌진들이 친 박수는 대통령의 단호한 결단에 힘을 실어주기 위한 박수로, 단상 아래서 터져 나온 박수는 아이들이 구조될 수 있다는 희망으로 해석되었다. 아무튼 나는 대통령의 말이 곧 명령이라는 말에 처음으로 '대통령의 힘'에 대한 위력을 직접 느꼈다. 곧 문제가 해결될 것만 같았다.

대통령은 최선을 다해 할 일을 했다는 만족한 미소를 띠며 단상에서 내려왔다. 그리고 퇴장하면서 다시 부모들의 손을 잡고 위로해주는 것을 잊지 않았다. 부모들은 눈물을 흘리며 "대통령님, 지금 1초가 급합니다. 우리 아이들 꼭 살려주세요."라고 다시 애원했다. 대통령 역시 꼭 그렇게 하겠다고 재다짐을 하면서 체육관을 나갔다.

대통령 일행이 떠나고 나자 어둠이 깔리기 시작했다. 뉴스는 대통령이 체육관을 다녀간 것을 되풀이하여 보여주고 있었다. 아나운서들도 희망이 느껴지는지 목소리가 들떠 있었다. 뉴스는 그렇게 똑같은 내용을 되풀이하고, 점점 밤이 깊어갔지만, 이렇다 할 아무런 소식이 없었다. 방송사들은 구조에 대해 전해줄 소식이 궁해지자 해양 전문가들을 초청해 바다와 배에 대한 이야기로 시간을 보내고 있었다. 부모들은 대통령이 약속했지만 아무 소용이 없다면서 발을 굴렀다. 초를 다투는 시간에 대통령이 와서 오히려 경호 차량 때문에 민간 구조대의 구조장비가 들어올 수 없었다고 분통을 터트렸다.

밤 12시가 됐을 때 바다에 인양 크레인 세 대가 도착했다는 뉴스가 나왔다. 정말 바다에 거대한 크레인 세 대가 등장했다. 우리 동거차 앞바다가 갑자기 조선소처럼 보였다. 이제부터 뭔가 이루어질 것만 같았다. 그런데 소용없는 일이었다. 배를 인양하는 크레인은 당장 배를 끌어 올릴 수도 없을 뿐만 아니라 물속에 수장된 사람을 구조하는 장비가 아니었다. 그럼에도 사람을 구조하는 것과 상관이 있든지 없든지 거대한 크레인이 바다에 떡 버티고 있자 마음이 든든해진 것은 사실이었다. 곧이어 바다 한편에서는 우리나라 해군 독도함이 들어와 진을 쳤다. 1만 4천 톤급 군함으로 탐색구조단을 설치한 어마어마한 최신형 군함이었다. 곧이어 고속경비함 수십 척이 물살을 가르며 사고 해역을 돌기 시작했다. 이쯤 되자 동거차 앞바다가 해군기지 같기도 했다. '아, 우리나라가 이 정도구나!' 하는 자부심이 끓어올랐다. 이 모든 것은 대통령의 명령에 따른 조치로 보였다.

그런데 정작 구조는 여전히 속수무책이었다. 대한민국의 거대한 힘이 동거차 앞바다에 쫙 깔렸는데도 여객선에서는 단 한 명도 구조하지 못한 채 시간만 흘러가고 있었다. 다만 밤 12시에 시신 네 구를 인양했는데 이번에도 역시 선체 밖으로 흘러나온 시신이었다.

"다 보여주기야! 쇼였다구!"

어떤 아버지가 벌떡 일어나 소리쳤다. 배는 제비 꼬리 같은 숨구멍마저 빠르게 사라져가고 있었다. 뉴스에서 배의 선수가 1미터 밖에 남지 않았다고 했다. 거꾸로 뒤집혀 있는 배가 간신히 드러내 보이던 흘수선 위의 흰 바탕마저 물속으로 잠기고 말았다. 부모들은 하늘을 향하고 있는 흘수선 아래 마지막 부분의 짙은 블루 빛 1미터를 바라보며 발을 굴렀다. 어떤 어머니가 "저것마저 사라져버리면 끝이야!"라며 몸을 떨었다. 어떤 어머니는 "수민아! 수민아!"라고 아이 이름을 불렀다. 조급해진 아버지들이 뭔가를 서둘렀다. 더 이상 지체할 시간이 없다면서 체육관 단상에 올라가 "제발 우리 아이들을 구해주세요."라는 대국민 호소문을 발표했다. 기자들이 우르르 사진을 찍고 취재를 하느라 분주했다. 대표로 나선 아버지는 "선내 진입이 아직도 이루어지지 않았는데도 마치 진입한 것처럼 말하면서 자꾸 시간을 지연하고 있다."라며 울부짖었다.

셋째 날이 밝았다. 부모들의 피 끓는 몸부림에도 시간은 아랑곳없이 흘러갔다. 그리고 셋째 날 오전 11시 50분, 제비 꼬리 같은 마지막 숨구멍마저 물속으로 사라져버리고 말았다. 배는 사력을 다해 사흘을 버티다가 수백 명 아이들을 품은 채 물속으로 자취를 감춰버린 것이었다. 이제 바다엔 아무것도 없었다. 언제 무슨 일이 있었냐는 듯이 바다는 유유히 흘렀다. 선수에 매달아놓은 공기주머니 리프트백만 배의 꼬리표처럼 물 위에 떠 있었다. 대형 크레인 세 대는 웅장한 거구를 뻗쳐놓은 채 묵묵히 바다만 바라보고 있었다. 거대한 함대 역시 근사한 폼만 과시하고 있었다.

TV에 출연한 모 대학 해양학 교수가 미리 크레인 한두 대만 여객선을 붙들었어도 배가 가라앉는 것을 막을 수 있었는데 안타깝다고 했다. 유조선과 화물선을 이용했더라면 배를 붙잡았을 거라는 우리 금양호 아저씨들 말과 같은 말이었다. 생각해보니 배가 3일 동안이나 견뎌준 것은 여러 가지로 충분한 기회를 준 시간이었다. 나는 몇 시간 전까지만 해도 우리나라의 국력에 자부심을 가졌던 것이 허망해지고 말았다.

선체의 선수 끝마저도 사라져버리자 부모들이 맨 처음 사고 소식을 들었을 때처럼 몸부림쳤다. 아버지들은 털썩 주저앉은 채 주먹으로 땅을 쳤다. 아무도 그들 곁에 다가가지 못했다. 나는 마음 같아서는 “그래도 끝까지 희망 잃으면 안 됩니다.”라고 말해주고 싶었지만 다가갈 엄두가 나지 않았다. 솔직히 희망을 가지란 말을 할 자신이 없었다. 예를 들면 “정부를 믿어야 합니다. 대통령이 마지막 한 사람까지 구해준다고 약속했잖아요.”라고 말할 수가 없었다. 스스로에게 거짓말을 하는 것 같아서였는데 부모들이 다시 속임수라며 소리치기 시작했다.

“이건 사기야! 모두 사기라고!”

“아직도 재난 대책 총책임자가 누군지조차 알 수가 없어요. 어디다 하소연할 곳도 없어요. 정부에서는 아이들을 구해줄 의지가 전혀 보이지 않는데도 뉴스에서는 어마어마한 장비를 투입하여 구조 활동이 척척 진행되어가는 것처럼 말해왔어요.”

“이러고 있을 때가 아니라구요.”

“그래요, 빨리 대책을 세워야 해요. 빨리.”

“청와대로 전화를 걸어 대통령께 약속을 지켜달라고 해야 합니다.”

“그렇게 합시다. 우린 이제 대통령에게 매달리는 수밖에 없어요.”

그때 어디선가 “지금이 몇 시냐고 했습니까?”라는 고함이 터져 나왔다. 부모들이 청와대로 전화를 걸게 해달라고 하자 정부 측 인사가 지금이 몇 신 줄 아느냐고 한 것이었다.

나는 시계를 봤다. 자정이 넘은 시간이었다. 평소라면 그 시간에 전화를 건다는 건, 대통령이 아니라 친구나 가족에게도 삼갈 일이지만, 그 상황은 평소가 아니었다.

"대통령이 지금 주무실 시간이니 안 된다는 말인가요? 당신 자식이 지금 물속에 있어도 그런 말 할 수 있어요?"

청와대로 전화 걸기를 두고 한참 동안 밀고 당기던 끝에 부모들이 전세 버스를 타고 직접 청와대로 올라가기로 하고 준비를 서둘렀다.

일이 일사불란하게 돌아갔다. 부모들은 청와대로 올라갈 대표단을 구성한 다음 전세버스를 준비했다. 서울로 갈 대표들을 태울 버스가 현장에 도착하자 의경들이 우르르 몰려나와 바리케이드로 길을 막았다. 그런 다음 정부 측 사람들이 서둘러 부모들을 달랬다. "지금 배 내부에 30여 명 정도 살아 있을 가능성이 있다고 합니다. 그런데 이러는 건 구조에 도움이 되지 않지요. 그러니 제발 진정하시고 기다려 주세요."라고 애원하듯 말했다. 정부 측 인사가 간곡히 달래도 대표들은 그 말을 믿으려 하지 않았다. 그때 누군가가 "인터넷을 보니 생존자가 있다!" 하고 소리쳤다. 생존자라는 말에 대표들이 일제히 TV가 있는 체육관을 향해 달렸다. 부모들은 그 생존자가 자기 자식이기를 간절히 바라며 달려간 것이었고, 의경들은 이때다 하고 바리케이드를 체육관 앞까지 좁혀버렸다.

생존자가 있다는 말에 체육관도 뒤집혔다. 그런데 거짓이었다.

누가 재미로 인터넷에 올려놓은 것이라고도 하고, 누군가 계획적으로 꾸민 짓이라고도 했다. 거짓이라는 말에 어머니 몇 사람이 충격으로 쓰러졌고, 거짓말 소동 덕분에 의경은 바리케이드를 체육관 앞까지 좁힐 수 있었다. 결국 인터넷 생존자 사건은 서울로 갈 대표들을 제지하는 데 커다란 도움이 되었다. 청와대로 올라갈 대형 버스에 타는 것을 차단당한 대표들은 계속 완강하게 청와대행을 고집했다. 의경들은 사력을 다해 막고, 부모들은 사력을 다해 길을 내라고 고함을 질렀다. 부모들은 고함을 지르다 안 되자 사정하기도 하고, 호소하기도 했지만 의경들은 대형 버스 출발을 끝까지 막았다.

양쪽이 그렇게 싸우면서 밤을 새웠다. 하얗게 날이 밝았다. 대표들이 차를 타지 못하면 걸어서라도 대통령을 만나러 가겠다며 의경들과 다시 엉켰다. 한참을 그렇게 엉켜 밀리고 밀치는데 갑자기 "이건 아니야!"라고 소리치는 의경이 있었다. 그는 차마 부모들을 밀쳐내지 못한 채 돌아서서 울음을 삼키고 있었다. 갓 들어온 신참으로 보였다. 어디선가 "너 그 눈물의 대가를 톡톡히 치르게 될 거야"라는 말이 들려왔다. 나는 부디 그 의경이 무사하기를 빌었다. 사실 다른 의경들도 가슴이 아프기는 마찬가지인 모양이었다. 부모들을 막아서긴 했지만 난처하기 짝이 없는 표정이었다. 나는 이 어처구니없는 싸움을 더 이상 바라볼 수 없어 한쪽 모퉁이로 돌아가 심호흡을 퍼냈다. 부모들에게 전혀 도움을 주지 못하면서 그저 바라보아야만 하는 처지가 미안한 탓이었다.

그때 폰에 문자 메시지가 떴다. 부장님이었다. "올라오지 못한 심정은 이해하지만 우리도 일을 해야 하잖아. 하루만 더 연장해달라는 휴가도 지나가고 다시 하루가 가고 있다는 거, 아는지 모르겠군. 내일까지 무슨 일이 있어도 출근할 것."이라는 내용이었다. 부장님께 하루를 더 봐달라고 했는데 나도 모르게 이틀이 경과하고 있었다. 보나마나 일이 태산같이 밀려 있을 것이었다. 서둘러야 했다. 나는 할 수만 있다면 청와대로 가려는 부모들을 이끌고 상경하고 싶은 심정으로 시외버스에 올랐다. 버스가 달리기 시작하자 청와대를 고집하는 부모들에게 미안했다. 버스 라디오에서도 뉴스가 나왔다. 그때까지 사망한 학생 총 29명을 인양했다는 뉴스를 들으며 눈을 감았다.

뉴스에 이어 한 전문가가 나와 정부의 보고 체계를 설명하면서 엄청난 국가재난이 발생했는데 대통령에게 대면 보고가 이루어지지 않았다는 것은 이해할 수 없는 일이라고 개탄했다. 대통령에게 이 어마어마한 재난이 대면 보고가 되지 않았다는 것은 귀를 의심하게 했다. 상식적으로 말이 되지 않았다. 그 전문가는 또 한 가지 놀라운 말을 했다. 구조 담당인 해경이 사람 구조를 먼저 서둘러야 하는데, 배가 물속으로 가라앉았을 때 배를 끌어 올리는 전문업체와 여객선 선사가 계약을 하도록 알선해주는 일에 몰두했다며 이건 그냥 넘어갈 문제가 아니라고 통탄을 금치 못했다. 라디오에서는 다시 사건의 처음으로 돌아가 맨 처음 배가 기울기 시작할 때 한 남학생이 119로 전화를 걸어 다급하게 구조 요청을 한 녹음을 들려주었다. 아이는 공포에 질린 목소리로 배가 기울어가니 살려달라고 애원했다. 내가 현장에 있을 때 그들은 그렇게 살려달라고 절규했을 것이었다. 감고 있는 내 눈에서 더운 눈물이 하염없이 흘러내렸다.

"예, 119입니다."
"살려주세요. 배가 기울었어요."
"배가 어떻게 되었다고요?"
"배가 기울었어요."
"배가 기울었다고요?"
"예, 막 기울어요."
"지금 배 타고 있어요? 거기 어디죠?"
"제주도 가고 있는데, 배가."
"아, 제주도 가고 있다고요?"
"수학여행 가고 있는데, 배가 점점 기울어요."
"수학여행 가고 있는데 배가?"
"배가 기울었어요. 스타호요."
"지금 해경에 연결했으니까 해경에서 도우러 갈 거예요."
"스타호예요."

"사람이 혹시 물에 빠져 있거나 그런 사람 있어요?"

"한 명 아까 빠진 것 같아요."

"한 명이 빠진 것 같다고요?"

"예, 살려주세요. 점점 더 기울어요."

"지금 해경에서 갈 거예요."

"빨리요. 빨리 와주세요. 살려주세요."

"예, 예, 알겠습니다."

"무서워요."

5

119에 전화하여 살려달라고 애원하던 아이의 목소리가 밤새 귀에 쟁쟁해서 잠을 이룰 수가 없었다. 다음 날 직장에 복귀하여 일을 하면서도 마음은 온통 물속에 있는 그들에게 가 있었다. 그동안 밀린 일이 많아 일에 몰두해야 하는데 잘 되지 않았다. 일을 하면서도 뉴스에서 눈과 귀를 떼지 못했다. 방송사마다 만사 제쳐두고 계속 사고 여객선 특집 방송만 했다. 화면 상단에는 사망자와 실종자 숫자가 떴다. 시신을 인양할 때마다 사망자 숫자가 늘어나고 실종자 숫자는 줄어들었다. 시신도 배 밖으로 흘러나온 것이었고 배 안으로의 진입은 아직까지도 행해지지 못하고 있었다. 그런 탓에 생존자는 도무지 소식이 없었다. 뉴스에 관심을 갖는 건 나뿐만 아니었다. 부장님도 일을 하다가 휴게실로 가 뉴스를 보고 들어오곤 했다. 다른 직원들도 마찬가지였다.

해경이 초기에 SSU와 UDT를 내친 것을 국민들이 비난하자 다시 불러들였다는 뉴스가 나왔다. 사고가 나고 5일이나 지났지만 반가웠다. 부장님과 직원들이 말을 주고받았다.

"제발 한 명이라도 생존자가 나와야 할 텐데."

"이제 우리나라 최고 구조대가 나섰으니 뭔가 해내겠지."

"장장 300명이 넘는 숫잔데 그중 한 명쯤 없겠어."

"정말 그가 누군지 영웅이 될 거야."

"세계적인 영웅이 되겠지. 37미터 수심에서 살아난다면."

"나이지리아 예인선 에어포켓에서도 기적이 일어났다고 하잖아. 수심 30미터에서 60시간 만에."

"반드시 한 명이라도 살아 나와야 해. 그래야 정부 체면이 서지."

"맞아요, 부장님. 한 명쯤은 살려내야 국제적으로도 체면이 설 텐데 말입니다."

부장님과 직원들은 정부 체면까지 걱정했다. 내가 듣기에는 사람의 목숨보다 정부 체면을 더 걱정하는 것 같았다. 순간 충격으로 컴퓨터 마우스를 잡았던 손에서 맥이 풀렸다. 그렇더라도 부장님과 직원들 말대로 정부 체면을 위해서든 뭘 위해서든 생존자가 꼭 있기를 바랄 뿐이었다.

TV에서는 지난해 2013년 5월에 있었던 나이지리아 예인선 재스컨-4호 에어포켓 기적을 보여주면서, 에어포켓 어딘가에 생존자가 있을지 모른다고 했다. 그런데 기대와 달리 한국 최고의 잠수사 SSU와 UDT가 선체 내부 진입을 시작했지만, 좀처럼 기적이 일어나지 않았다. 계속 사망자만 나왔다. 방송사마다 해양 전문가들을 초청하여 에어포켓에 대한 이야기를 하기 시작했다. 모두 희망적인 말을 했다. 배 어딘가에 에어포켓이 존재한다는 것이었다. 가슴이 뛰었다.

그런데 딱 한 사람, 선박 전문가 K 교수의 말은 달랐다. 아파트 문짝과 똑같은 여객선에서는 에어포켓을 기대할 수 없다고 했다. 군함이나 나이지리아 예인선 재스컨-4호 같은 배의 문들은 고무바킹이 부착되어 있어 닫혀 있는 상태에서 에어포켓이 형성되지만 스타호 같은 여객선은 어림없는 일이라고 확실하게 말했다. 희망이 와르르 무너져내리고 말았다. 그분의 말이 현실적으로 맞는 말이라는 생각이 들었다. 아직까지 해양 전문가라는 사람들 누구도 그런 말을 한 적이 없었기 때문에 나는 그분의 말을 더 듣고 싶었지만 K 교수는 그 후 두 번 다시 방송에 나오지 않았다. 전문가들이라는 사람들이 저마다 물속을 환히 꿰고 있는 것처럼 좋은 말만 하면서 희망을 갖게 하는 것이 옳은 것인지, 아니면 K 교수처럼 솔직하게 말하는 것이 옳은 것인지 알 수 없으나 점점 기적에 대한 기대가 무너져 내렸다.

우리 회사 사람들은 퇴근 후에도 집에 갈 생각을 하지 않고 식당에 모여 앉아 TV를 보면서 시신으로 변해버린 아이들 이야기를 했다.

"아이들이 잠자는 것 같더래."

"살빛이 보얗더래."

"그게 숨진 지 얼마 되지 않았다는 증거라는 거야."

"더러는 손톱이 빠져 있었다는데."

"얼마나 살려고 몸부림쳤으면."

"손톱만 빠졌겠어."

나는 그런 참혹한 이야기를 들으면서 이탈리아 여행 중에 봤던, 인류사의 희대 재앙으로 손꼽히는 고대 폼페이의 유적 스카비를 생각했다. 79년에 발생한 베수비오산 폭발로 현장에서 죽은 채 석고처럼 굳어 있는 화석들의 형상이 떠오른 것이었다.

그때 무려 여섯 차례나 폭발이 있었고 죽은 사람들의 형상이 폭발할 때마다 다르게 나타나 있었다. 맨 처음 2천 도에 육박한 용암이 덮친 곳에서는 사람이 1초 동안에 타버리고 말아 백골만 오롯이 남아 있었고, 그다음부터는 가스와 함께 화산재 폭발이 일어나면서 가스와 화산재에 덮여 죽어간 탓에 사람들은 그때 상황 그대로 갖가지 형상을 하고 있었다. 마치 예술가의 조각 작품처럼 반듯이 누워 있는 형상부터 두 손으로 입을 막은 채 쪼그리고 앉아 있는 형상, 두 팔이 얼굴을 향해 오그라든 형상, 몸을 뒤집은 자세로 비틀듯 누워 있는 형상, 뛰어가다가 넘어진 형상 등, 가지가지였다. 고고학자들은 그런 현상을 뜨거운 화산재와 가스에 신경이 오그라들면서 죽어간 탓이라고 했다. 그러니까 끝까지 몸부림친 절박한 흔적이었다. 배 안에 갇힌 채 수장된 사람들도 그렇게 몸부림치다 죽어갔을 것이었다.

용케 버텨오던 나는 그때부터 본격적인 고통이 시작되었다. 현장을 목격한 충격이 가슴앓이 고통으로 변환되기 시작한 것이었다. 나는 누구보다도 그 물속을, 그 절박한 순간을 잘 알고 있는 탓이었다. 유리창을 치는 마지막 손들이 플래시백되면서 배에 갇힌 채 쳐들어오는 거대한 물과 싸우다 죽어간 그들의 사투가 상상되기 시작했다. 상상은 시시각각 되풀이되면서 숨 쉴 틈을 주지 않았다. 그런 고통은 나뿐만 아니라 부모님도 마찬가지였다. 어머니는 전화를 걸어 하소연을 늘어놓기 시작했다.

"밤마다 쏘아댄 불댕이 때문에 산에 불이 났지 뭐냐. 그 좋은 물거리나무(소사나무), 동백나무가 새까맣게 타버렸다. 하마터면 동네까지 몽땅 불살라버릴 뻔했어야. 기름 때문에 갱번(갯바위) 것 다 망쳐버렸고, 동네 사람 모두 허망증에 걸려 잠도 못 잔다. 가슴이 두근거려 약을 먹어야 그나마 숨을 쉬는데 밤이면 약을 먹고 잠을 자보려고 해도 밤새 펑, 펑, 하고 불댕이를 쏘아대는 바람에 눈을 붙일 수가 있어야제. 며칠 전에는 죽은 애기 하나가 떠내려왔더라. 불쌍해서 얼마나 울었는지 모른다. 어린것이 살려고 얼마나 몸부림쳤으면 배를 뚫고 여기까지 떠내려 왔겠느냐고 모두 넋이 나가버렸다. 고두밥(된밥) 먹고 급체했을 때처럼 가슴이 꽉 막히더라. 그런데 말이다. 그 아이가 하필이면 우리 배가 버려둔 그물에 걸려서 그래도 다른 데로 떠내려가지 않고 가까운 미역발로 떠내려 와 걸렸지 뭐냐. 네 아버지는 자기가 버려둔 그물에 걸렸다고 대성통곡을 했다. 네 할아버지 돌아가셨을 때도 그렇게는 안 울었다. 네 작은아버지는 어떻고. 그러니 우리 입장에서는 더 기가 막힐 일이제. 네 아버지는 허리가 아파 끙끙대면서도 밤마다 배 타고 나가 불 달고 서 있구나. 고래 심줄 같은 순창 김씨 고집을 누가 말려. 하루하루 사는 게 징하다, 징해…….”

어머니의 하소연은 끝이 없었다. 조명탄이 날아가 마을에 산불이 났다는 건 뉴스를 통해 이미 알고 있었다. 섬 쪽으로 떠내려온 여학생 시신도 뉴스에 나온 이야기였다. 그날 아버지가 양망줄을 끊어버린 그물에 여학생 시신이 걸렸다는 말에 나도 울음이 터져 나오고 말았다. 사고 여객선에서 흘러나온 기름이 미역발이며 김발 양식장을 덮쳤고 기름 제거 작업을 하던 중 떠내려온 여학생 시신을 건져 올렸다고 했다. 다행히 우리가 버려둔 그물에 걸려 다른 곳으로 떠내려가지 않고 미역발에 걸린 것이었다. 기름 때문에 미역발, 톳발, 갱번, 다 망쳐버린 거야 어쩔 수 없다 치더라도 마을 사람들이 허망증에 걸려 잠을 못 자고 밥맛까지 잃어버린 건 큰 걱정이었다.

그럴 것이었다. 수백 명 목숨이 마을 앞마당이나 다름없는 바다에 수장되어 있는데 태연하게 밥을 먹고 잠을 잔다는 것은 도리어 비정상일 것이었다. 그래도 마을 사람들은 물속에 잠겨 있는 아이들 때문에 힘들다는 말, 입도 벙긋 못 한다면서 어머니는 답답한 속을 펴냈다. 아버지도 종종 전화를 걸어 "넌 괜찮은 거냐? 어쩌고 있어?"라고 물었지만 나는 형편을 말할 수 없었다. 머릿속에서 온통 그날이 동영상처럼 돌아간다고 말하면 부모님은 오히려 내 걱정을 하느라 더 힘들 것이었다.

"전 아무 일 없어요. 회사 일이 바빠서 다른 생각할 틈이 없거든요."

"제발 그래야 한다. 그런데 니 숙부가 큰일이구나. 제정신이 아니다. 니 숙부만 그런 것도 아니제. 돌고래호 선장은 사람을 혼자 서른 명도 넘게 구했다는구나. 그래서 두 사람 다 술 아니면 하룻밤도 눈을 못 붙이는 실정이여."

나는 아버지께 "그 속 알아요. 저도 그래요. 너무 고통스러워요. 3층에서 유리창을 두드리며 살려달라고 애원하다 물속으로 사라져버린 손이 불쑥불쑥 떠올라 미칠 것만 같아요. 꿈에서도 그들이 보여요. 꿈꾸다 소리치며 벌떡 일어날 때가 한두 번이 아니거든요. 귀에서 이명까지 들린다니까요. 유명하다는 이비인후과를 전전하고 있지만 소용없어요. 그래도 전 아버지 말씀대로 돈 낳는 기계 박사잖아요. 자칫 정신줄 놨다가는 회사 망치는 수가 있으니까, 사표를 내면 냈지 그건 절대로 안 되니까, 이렇게 버티는 거라구요. 저도 술을 마시자면 말술을 마셔야 할 거예요."라고 속으로만 소리쳤다. 아버지는 허망증뿐만 아니라 바다에서 시달린 후유

증으로 평소 좋지 못한 허리가 나빠져 몹시 고통스럽다고 했다.

바다에서는 계속 아이들이 죽어 나오고 한쪽에서는 장례를 치르느라 바빴다. 부모들은 유일한 희망인 에어포켓에 대한 기대도 깡그리 무너져버리자 정부를 향해 항의하기 시작했다. 처음부터 왜 충분한 골든타임을 놓쳐버렸는지, 거기에 숨어 있는 진실이 무엇인지를 밝혀달라며 특별법을 요구하고 나섰다. 야당도 사고가 발생했을 때 대통령에게 왜 대면 보고가 아닌 서면 보고를 했는지, 왜 그 절박한 시간에 부득이 서면이나 전화로 보고를 해야 했는지, 대통령이 오후 5시경에야 중대본부에 나타날 때까지 왜 뉴스에서 대통령 모습을 볼 수 없었는지에 대해 의문을 제기하기 시작했다.

청와대가 대국민 사과를 해야 한다는 여론이 일기 시작했다. 청와대에서도 조만간 그렇게 할 거라는 말이 돌았다. 그리고 사고 34일 만에 대통령이 대국민 사과 대신 대국민 담화문을 발표하고 나섰다. 대통령은 "이번 사고에 제대로 대처하지 못한 최종 책임은 대통령인 저에게 있습니다."라고 하면서 구조 업무에 실패한 해경을 해체한다고 선언했다. 그리고 담화 도중 대통령은 사망한 아이들 이름을 하나하나 불러가면서 눈물을 흘렸다. 국민들은 단번에 대통령이 흘린 눈물에 관심을 쏟으면서 유족들과 아픔을 함께하는 대통령에게 고마워했다.

분위기가 그쯤 되자 대통령에 대한 동정론이 일기 시작했다. 어머니만 해도 나에게 전화를 해서는 "대통령도 짠하더라. 높디높은 사람이 오죽 답답해서 울었겠냐."라고 했다. 어머니뿐만 아니라 아버지도 똑같은 말을 했다. "대통령이 뭔 죄여. 한평생 존귀하게 살아온 분이 여기가 어디라고 이 험한 델 내려온단 말이여. 그게 말이 되냔 말이여. 물길도 모르는 것들이 배를 몬 바람에 그 지체 높은 분에게 못 할 일 시킨 것이제."라고 했다. 어머니와 아버지는 높디높은 분이라는 말을 힘주어 강조했다. 높디높은 분이 진도까지 내려온 걸 황송해서 못 견디겠다는 심정 같았다. 나는 "예, 어머니 말씀이 맞아요. 아버지 말씀이 맞아요."라고 맞장구를 쳐주면서 역시 눈물은 사람의 마음을 움직이는 묘약임을 실감했다.

어머니와 아버지는 대통령을 왕조 시대의 왕처럼 생각한 탓이었다. 왕조 시대에는 백성들에게 아무리 큰일이 나도 감히 왕에게 그 책임을 묻거나 따지지 못했던 것처럼 어머니와 아버지에게 대통령은 그저 높다란 곳에 앉아 있는 존귀하기 짝이 없는 분일 뿐이었다. 그런 탓에 수백 명 학생들이 물속에 수장된 것보다 대통령의 눈물이 더 가슴 아프게 나의 부모님 같은 국민들 가슴속을 울린 모양이었다.

정말 대통령의 눈물은 특별했다. 대국민 사과가 아니라 대국민 담화문이라는 것은 참 이상했지만, 뭐가 됐든 나는 역대 어느 대통령이 국가재난으로 목숨을 잃은 국민을 위해 직접 국민 앞에서 눈물을 흘렸다는 말을 들어본 적이 없었다. 우리 부장님이야말로 대통령의 눈물에 깊이 감동하여 어쩔 줄 몰랐다.

"대통령님이 눈물을 흘리시는 걸 보는 순간 '우리 대통령님은 과연 국민의 어머니시구나!'라는 생각이 들지 뭐야. 야당 새끼들, 일곱 시간 어쩌고 하면서 물고 늘어지는데, 그런 억지가 어딨어. 대통령에게도 사생활이란 게 있는 거잖아. 더욱이 여성 대통령에게 시시콜콜 그 시간에 무얼했느냐고 따지는 게 말이 되냐고. 안 그래?"

언제나 그렇듯이 부장님이 우리 부서 직원들을 둘러보며 자기 말에 호응하도록 운을 뗐다. 그리고 직원들은 미리 준비라도 해둔 것처럼 차례대로 한마디씩 하기 시작했다.

"그럼요. 대통령에게도 엄연히 사생활이 있게 마련인데 그걸 공개하라니. 어이없는 억지 주장이고 말고요."

"그러나 이번에 국민들이 대통령님의 인간적인 진면목을 발견한 거라고 봐요. 대통령님의 눈물 말입니다."

"국민을 위해 눈물 흘린 대통령, 이건 정말 전무후무한 역사로 남을 일 아닙니까?"

"맞아요. 국민에게 감동을 준 대통령으로 대한민국 역사에 길이길이 남을 거라고 봐요."

"생각해보면, 우리 대통령님은 운명적으로 나라를 위해 태어나신 분이신 것 같아요."

"분이신 것 같은 게 뭐야. 나라를 위해 태어나신 분이시지."

마지막은 부장님 말이었다. 부장님은 '나라를 위해 태어나신 분이시지'라는 말과 함께 가장 존경하는 사람에게 바치듯 맥주잔을 두 손으로 받쳐 들고는 차마 입에 대지 못했다. 직원들도 부장님처럼 맥주잔을 공손히 받쳐 들었다.

나는 맥주잔을 들어 올린 대신 맥주잔을 식탁에 탕, 내려놓으며 "오전 9시부터 오후 5시가 대통령에게는 업무 시간이 아니라 사생활로 치는가요? 옛날 왕들도 아침 일찍 일어나 업무를 시작했다는데 대통령의 업무 시간은 도대체 몇 시부터인가요?"라고 소리치고 싶었지만 입을 열지 않았다. 아니 그들 앞에서 입을 열 엄두조차 내지 못했다. 어디서부터 어떤 말을 해야 좋을지 알 수가 없었다. 그것보다도 내가 입을 열면 마치 폭탄의 파편처럼 내 몸이 산산조각이 날 것만 같았다.

그러면서도 나 역시 대통령이 감동을 준 대통령으로 역사에 길이길이 남기를 바라는 마음은 간절했다. 그리고 지나친 극존칭을 사용하면서 대통령이 나라를 위해 태어났다느니 하는 말에 대하여 그들을 조소할 생각은 추호도 없었다. 그럼에도 행여 얼굴에 조소의 웃음기가 내비칠까 봐 맥주를 벌컥, 벌컥, 들이키거나 새우깡을 와작와작 씹어댔다.

"그런데 김 대리는 아까부터 왜 말이 없어?"

부장님이 갑자기 나를 바라보며 물었다. 나는 여전히 입을 열지 않았다. 시간이 한참 흐른 후에야 "부디 대통령께서 흘린 눈물이 국민의 가슴에 길이길이 남기를 바랍니다."라고 말을 할걸 잘못했다는 생각이 들었다. 공중파를 통해 전 국민 앞에 흘린 눈물, 그건 희생된 아이들을 위해 진심으로 흘린 고귀한 눈물이기를 바라는 심정 때문이었다.

대통령이 눈물을 흘리며 대국민 담화를 발표했지만 특별법을 두고 여당과 야당 사이에 어느 정도 타협이 되는 것 같다가 깨지고, 깨졌다가 다시 접근하면서 지루한 공방전이 전개되었다. 지루한 공방전을 타고 사람들 사이에 "이젠 스타호 사건 자체가 지겹다."는 말이 봄 안개처럼 뭉게뭉게 피어오르기 시작했다. 더욱이 국회에서는 민생에 관련한 법안이 차곡차곡 쌓여갔다. 상인들은 장사가 안 돼 살기 어렵다면서 불만을 터트렸다. 불티나게 팔리던 치킨이며 피자도 팔리지 않고, 대형 초상이 났으니 술도 팔리지 않고, 노래도 부르러 오지 않는다며 아우성을 치자 여당이 민생경제로 분위기를 몰고 가기 시작했다. 누가 들어도 민생경제 살리자는 건 확실한 대의명분이었다.

그런 분위기 속에서 국회의원 보궐선거가 다가오고 있었다. 여당은 뚜렷하고 분명하게 민생경제를 역설하며 목소리를 높이고 야당은 계속 정부의 여객선 구조 실패 책임론을 강조하며 목소리를 높였다. 소수를 뽑는 보궐선거가 마치 본격 총선처럼 치열

한 분위기로 치달았다. 양당이 서로 선거가 말해줄 거라며 별렀다. 서로 자신만만했다. 선거 때마다 그렇듯, 선거를 앞두고 사회적 분위기가 양쪽으로 갈라졌다. 과연 어느 당이 이길 것인지 나 역시 잔뜩 관심이 쏠렸다. 부장님은 반드시 여당이 이겨야 나라가 산다고 열변을 토했다. 직원들이 백번 맞는 말이라며 맞장구를 쳤다.

점점 선거가 다가오는 7월로 접어들자 본격적으로 여름 더위가 시작되면서 사람들도 여름을 타기 시작했다. 사람들은 우선 '몸과 마음이' 시원한 것을 찾기 시작했다. 나는 아버지와 전화를 하면서 이젠 세상이 스타호 문제를 지겨워한다고 말했다.

"모두 지겹다고 머리를 흔들어요. 정말 지겨워 죽겠다고."

"나도 날마다 테레비 보고 있어서 다 알고 있다. 지겹지. 지겹기만 해. 환장할 일이지. 그런데 우리보다 더 지겨울까. 우리야말로 갯것 다 망쳐버렸고, 우리 앞마당이나 다름없는 사고 현장을 지척에서 날마다 바라보아야 하니 죽을 지경 아니냐. 마음대로 잠을 잘 수가 있어, 일을 할 수가 있어. 그래도 그러면 못쓰는 것이제. 하루아침에 생때같은 자식을 잃어버린 사람들에게 그러면 못쓰는 것이여."

그러면 못쓴다는 아버지의 말에 나는 더 이상 말을 잇지 못했다. 다만 우리 부모님과 내 고향 동거차도 사람들이 겪는 고통, 숙부와 돌고래호 선장, 그리고 내가 겪는 고통보다 정말 하루아침에 자식을 잃어버린 부모들의 고통이 수만 배 더 크다는 것만 생각하기로 했다.

정치권에서는 7월 30일 치른 보궐선거에서 여당이 대승을 거두었다. 야당은 어! 하고 황당함을 감추지 못했다. 스타호 문제로 곤혹을 면치 못했던 여당과 청와대가 이제는 국민이 뭘 원하는지 알아야 한다면서 큰소리를 치기 시작했다. 대통령도 대국민 담화문을 발표할 때 눈물을 흘리며 "내 탓입니다."라고 했던 것과 전혀 다른 태도를 보이기 시작했다. 대통령은 부모들 뒤에서 그들을 정치적으로 이용하려는 세력이 있는 게 문제라고 했다. 그런데 부모들은 대통령의 눈물만은 진실한 것이라 믿고 싶다면서 이미 식어버린 사랑에 목을 매듯 대통령과 만나기를 원했다. 날이 갈수록 그들은 대통령 면담을 간절히 원하고 청와대에서는 묵묵부답으로 일관했다.

한쪽은 목숨 바쳐 나르시소스를 부르는 에코 같고 한쪽은 응답 없는 나르시소스 같았다. 에코의 메아리만 부모들을 겹겹이 둘러친 경찰 병력의 벽을 넘어 허공으로 사라질 뿐이었다. 그렇게 부모들과 대통령 사이에 생각하지 못했던 강이 생기고, 강을 건널 나룻배는 없었다. 강은 국민들 사이에도 생기면서 직장 동료나 지인들 사이에서조차 스타호 이야기를 함부로 꺼낼 수 없는 분위기로 변해갔다. 정말 선거 때처럼 상대의 성향을 살펴가면서 말을 꺼내야 하는 형편이 되고 말았다. 자칫 분위기 파악을 하지 못한 채 특별법이니 뭐니 하면서 부모들을 지지하는 말을 했다가는 빨갱이로 몰리는 수가 있었다. 결국 그 지독한 악습, 좌파 우파의 이분법, 흑과 백의 구태함을 정치인들이 부각시킨 것이었다.

우리 회사에서는 당연히 부장님의 눈치를 봐야 했다. 점심시간이나, 퇴근 후 술집이나 밥집에서 또는 휴식시간 커피타임 같은 짬짬이 시간마다 부장님의 성토는 쉬지 않았다. 어느 날 식당에서 식사를 하면서 마치 의무를 수행하는 것처럼 어김없이 부장님의 성토가 시작되었다.

"웃기는 인간들, 지금 목숨 걸고 대통령님을 만나겠다고 길길이 뛰고 있는데 지금까지 대통령님께서도 할 만큼 했잖아. 뭘 얼마나 더 하라는 거야."

부장님은 얼마나 화가 났는지 들고 있던 젓가락으로 식탁을 탕, 한 방 내리쳤다. 직원들이 추임새를 넣듯 잽싸게 맞장구를 치고 나섰다.

"대통령님께서 머나먼 섬 구석까지 두 번이나 내려가신 것만 해도 파격이라고 생각합니다. 저는 그때 대통령님께서 거기까지 가실 줄 상상도 못 했거든요."

"그뿐만 아니죠. 진도 체육관에서 부모들을 만난 것까지는 그렇다 치고, 정말 민망한 것은 망망한 바다 한가운데 서 있는 바지선에 올라 브리핑을 받는 모습이었습니다."

"그건 약과지. 해경 경비정에 올라 거센 해풍을 맞으시면서 현장을 둘러보실 때를 생각해보라구. 그때 강한 해풍에 머리카락이 날리는 걸 보면서 여성 대통령님께서 저렇게까지 해야 하나? 하는 생각이 들더라니까."

"분향소에 직접 가셔서 조문한 것도 최선을 다한 거라고 봐요. 격에 맞지 않을 정도로."

"맞아. 국상 이상의 배려를 한 거지. 그런데도 단식투쟁이니 뭐니 하면서 나라를 볼모로 잡고 난리를 피우다니. 오로지 자기네들밖에 모르는 인간들이지 뭐야."

"그런데 한편으로는, 대국민 담화문 발표 때 흘린 눈물로 모든 걸 말끔히 씻어버렸다는 느낌이 들지 않던가요?"

"맞아. 결과적으로 그런 셈이지. 그것으로 깨끗이 끝내버렸으니까. 정말 과감한 결단력을 보여주신 거였어."

"말은 안 했지만 나도 속으로 '아, 거기까지였구나' 하는 생각이 들더라니까."

직원들은 부장님보다 한술 더 떠가면서 부장님의 속을 시원하게 해주었다. 나는 이번에도 입을 열지 않았다.

"김 대리는 왜 말이 없어? 고향에서 일어난 일이라서?"

나는 아버지께서 하신 말씀처럼 "하루아침에 생때같은 자식과 부모 형제를 잃어버린 가족들을 생각해서라도 그러면 못쓰는 것 아니냐"고 말하고 싶었지만 입이 꼼짝도 하지 않았다. 부장님은 갈수록 수위를 높였다.

"지금 민생경제가 뒤죽박죽인 판에 특검? 수사권, 기소권을 달라고? 성역 없는 수사? 저들 속셈은 대통령을 수사하겠다는 거잖아. 이것들 정말 5공 때처럼 다 잡아 가둘 방법 없나. 자기네들은 보상을 받으면 되지만 가난한 상인들은 다 죽으란 말이야 뭐야? 보수 논객들이 사건 초장에 좌파와 종북세력이 시체 장사할 거라면서 경계하라고 일렀던 말, 틀린 말 아니잖아. 안 그래?"

"맞습니다. 일부 언론들이 도가 넘는 말이라고 보수 논객들을 질타했지만, 대통령님께서 돌아선 것도 그래서 아닙니까."

"다 뒷배가 있게 마련이죠. 뭘 믿고 감히 대통령님을 만나겠다고 저렇게까지 밀어붙이겠냐구요."

5공, 보상, 좌파 종북, 시체 장사, 보수 논객 등등의 말이 나오자 나도 모르게 몸이 떨렸다. 맥주잔이 흔들릴 정도로 떨자 부장님이 나를 힐끔 바라보며 불쾌한 표정으로 물었다.

"김 대리 어디 아파?"

"아, 아니요."

"그럼 뭐 불편한 거 있어?"

"아니요. 전혀요."

부장님이 그런 식으로 주변 정리를 할 때마다 나는 쥐구멍에라도 들어가고 싶은 심정으로 나를 숨기기에 바빴다.

부장님과 직원들의 분노는 그런 식으로 갈수록 증폭되었다. 어느 날 휴게실에서 나는 커피만 홀짝거리고 있었다. 부장님은 커피를 다 마시고 종이컵을 휴지통에 탁, 던지면서 나를 향해 "김 대리는 어떻게 생각해? 성역 없는 조사 운운하는 저자들의 속셈 말이야?"라고 했다. 나는 반드시 특검을 해야 한다, 정말 성역 없는 조사를 해야 한다고 주장하고 싶었다. 초를 다투는 골든타임에 아무도 여객선으로 접근하지 않고 바라만 보고 있었던 상황을 머릿속에 떠올리며 반드시 특검을 해야 한다고 말하고 싶었지만 이번에도 입이 열리지 않았다. 솔직히 말해 빨갱이로 몰아붙이는 부장님이 두려웠다. 다른 직원들이 부장님의 비위를 맞추며 맞장구를 친 것도 대부분 그런 취급을 받을까 두려운 탓이라는 걸 나는 잘 알고 있었다.

"새끼들. 특검? 미국 그 무시무시한 911 폭파 보라구. 조용히 꽃 한 송이 놓고 고개 숙이고 깨끗하게 마무리 지어버리잖아. 그런데 좌파 빨갱이 종북 야당 새끼들이 유족들을 충동질하여 민생경제를 틀어쥐고 앉아 단식투쟁을 하게 만들다니."

부장님은 연일 성토를 그치지 않고 나는 그런 식으로 부장님과 직원들이 야당과 부모들을 싸잡아 성토할 때면 술집에서는 맥주만 벌컥, 벌컥, 들이키고, 식당에서는 밥만 먹고, 휴게실에서는 커피만 마시며 침묵할 뿐이었다.

그리고 부장님은 가끔 나를 의식하며 "김 대리는 계속 묵비권이야? 김 대리, 나도 처음엔 무진장 슬펐다구. 김 대리에게 팽목에서 이틀이나 봉사하게 한 것도 그래서였잖아. 그땐 정말 충격이었거든. 그런데 이건 아니잖아. 민생을 볼모로 잡아선 안 되잖아. 물에 빠져 죽은 사람들보다 앞으로 살아가야 할 우리 국민이 더 많잖아."라고 하며 마치 정치인처럼 민생을 강조했다. 나는 하마터면 "민생, 민생, 민생, 제발 민생 핑계 그만 대고, 팩트, 팩트, 팩트를 밝혀야죠."라고 고함을 지를 뻔했지만 마음뿐이었다. 언제나 그랬다. 그럴 때마다 비루하기 짝이 없다는 자책이 점점 죄책감으로 변해갔다.

6

대통령 면담을 요구하는 부모들이 국회 본청 앞에서 기자회견을 하는 뉴스가 나왔다. 부모들은 기자회견을 하면서 "언제라도 만나러 오라는 대통령의 약속을 믿고 만나러 갔지만 우리를 맞이한 건 경찰차로 가로막힌 차벽이었어요. 청와대 앞에서 비 오면 비 맞고 뜨거운 햇살 아래서 애원을 한 지도 21일이나 됐습니다."라고 했다. 대통령은 여전히 꼼짝하지 않았다. 아이들 이름을 불러가며 눈물을 흘렸던 대통령은 더 이상 아이들에 대한 말을 입에 올리지도 않았다. 부모들은 대통령이 만나줄 때까지 단식을 멈추지 않겠다고 선언했다.

부장님은 더 격렬하게 날을 세웠다. 그리고 부하직원들은 계속 부장의 비위를 맞추는 데 바빴다.

"저자들이 여성 대통령이라고 만만하게 보고 저런다니까. 역대 대통령마다 사고 안 난 적 있었어? 이래서 5공, 5공 하는 거야. 뭔가 때려잡는 방법 없나?"

"이럴 땐 정말 5공이 그리워지지 뭡니까, 부장님."

"삼청교육대를 비판했는데 요즘엔 그거 다시 부활해야 한다는 생각이 들 정돕니다."

"어떤 경우를 막론하고 민생경제 붙잡고 늘어진 놈들은 이적행위자들로 간주해야 돼. 나라 망치는 역적이나 다름없잖아."

부장님은 이적행위자들이니 역적이니 하는 극에 달하는 말까지 서슴없이 내뱉었다. 부장님은 이미 부모들과 부모들을 지지하는 국민들을 적으로 간주하고 있었다.

그런데 이쯤에서 반전이 발생했다. 누군가 겁도 없이 불나방처럼 활활 타오른 불 속으로 뛰어든 것이었다.

"그럼요. 부장님 말씀이 맞습니다. 역대 대통령 때도 굵직굵직한 사고 많이 났죠. 사고 나는 것, 지구가 생기면서부터죠. 삶이니까요. 마치 나무에 큰 가지 작은 가지가 여기저기서 돋아나듯이 사고는 삶의 어디선가에서 끊임없이 일어나게 마련이니까요. 그런데 국가가 뭔지 생각해보셨는지요? 국가는 국민의 생명과 안전을 지켜준다는 약속을 전제로 존재한다는 것, 초등생들도 다 아는 상식이죠. 그런데 스타호 참사 때 정부는 국민의 생명을 지켜주지 못했어요. 그것도 아주 어이없이……, 수백 명이 죽어가는 순간에 대통령에게 비대면 보고라니요. 초를 다투는 골든타임에 왜 그랬는지 아시는 분 나와보세요? 대통령이 근무 시간에 무려 일곱 시간 동안 왜 비대면 보고만 받아야 했는지 설명해보시라니까요? 그래서 자식 잃은 부모들이 왜 그랬느냐고 이유를 밝혀달라는 것인데 정부와 여당은 그분들을 마치 적 취급을 하면서 막으려고 총력을 기울이고 있어요."

모두 그를 바라보며 입을 다물지 못했다. 입사 2년 차 말단 이민구였다. 상상도 못 할 일이었다. 나는 이민구보다도 부장님 얼굴을 바라보았다. 부장님 얼굴이 황당함과 분노가 뒤섞여 뒤죽박죽이었다.

"하!"

부장님은 먼저 헛웃음을 터트렸다.

"너 감히!"

두 번째는 탄식하듯 외쳤다.

"정치적으로 불리하든 이롭든 진짜 국민을 위한다면 문제는 풀고 가야죠. 자식 잃은 국민의 아픔을 대신해주지는 못하더라도 최소한 눈물은 닦아주어야죠."

"너 말 다 했어?"

부장님은 비로소 정신을 수습하며 화를 내기 시작했다.

"아니요. 할 말이 태산같이 쌓여 있습니다, 부장님."

"야, 좌파 빨갱이 새끼들이 계속 이런 식으로 나라를 붙잡고 앉아 나라를 망하게 해도 된단 말이야?"

"좌파, 좌파, 빨갱이, 빨갱이, 도대체 언제까지 말도 안 되는 그 따위 소리를 할 겁니까?"

"어, 이 새끼 보게!"

"먼저 좌파 빨갱이란 말부터 빼시구요. 그리고 입장을 바꿔 생각해보시죠. 부장님 자식이 물속에 수장됐어도 이런 식으로 말씀하실 수 있을지."

"이 새끼가 정말, 재수 없게 왜 내 아이를 거기다 비교하는 거야. 그리고 아무나 그런 일 당하지 않아!"

"아무나 그런 일 당하지 않는다구요?"

"그래, 아무나 그런 일 당하지 않는 법이야."

부장님은 '아무나'를 두 번이나 강조했다.

"좋습니다. 아무나 그런 일 당하지 않는다고 쳐요. 그런데 정부가 국민을 지켜주지 못했으면 사죄하는 태도라도 보여주어야죠."

"정부가 국민을 지켜주는 데도 한계가 있는 법이야."

"맞습니다. 그 한계까지 하지 않았으니까, 못 하는지 안 하는지 아무튼 하지 않으니까 문제죠. 그래서 지금 유족들이 그 한계가 무엇인지 밝혀달라잖아요."

"임마, 성수대교 무너졌을 때도, 삼풍백화점 무너졌을 때도, 피해자 가족들 이러지 않았어. 나라에서 하는 대로 조용히 따랐다는 거 몰라?"

"성수대교와 삼풍백화점 사고가 골든타임을 놓쳐서 사람들이 희생되었나요? 아니잖아요. 그러니까 그때 유가족들은 지금처럼 국가에 항의할 이유가 없었던 거죠."

"골든타임? 골든타임은 사고 어디에나 있는 법이야."

"육지와 바다를 똑같이 생각하는 그 어이없는 생각 때문에 수백 명이 목숨을 잃은 겁니다."

"너, 나하고 한번 해보자는 거야?"

"저는 지금 상식을 말하고 있을 뿐입니다."

"이 새끼, 이제 보니 완전 좌파잖아. 너 종북 빨갱이 맞지?"

"부장님과 생각이 같지 않으면 무조건 좌파 빨갱이? 종북? 그렇다면 부장님이야말로 빨갱이잖아요. 북한에서 정부와 생각이 다르거나 정부에 대해 박수만 시들하게 쳐도 반동이라고 총살시킨다죠?"

"이 새끼가 점점."

"부장님이나 저나 똑같이 세금 내고 삽니다. 왜 멀쩡한 국민을 빨갱이로 몰아붙이는 거냐구요. 조금 전에 부장님께서 민생경제 파탄 내는 게 이적행위고 역적이라고 하셨는데, 국민을 두 쪽으로 가르는 짓이야말로 이적질 아닙니까?"

"어차피 우리나라는 보수 대 진보. 우파 대 좌파야."

"그럼 그렇게 말씀하시면 되잖아요. 보수가 아니면 왜 빨갱이냐구요."

"보수 반대는 진보! 진보는 빨갱이니까!"

"잘 들으세요. 보수와 진보는 반대 개념이 아닙니다. 그리고 진보가 왜 빨갱이죠?"

"우린 그렇게 생각해."

"우리요? 그 우리는 또 누굽니까? '우리'는 우리 모두 하나라는 것 아닙니까?"

"너희들 우리와 우리의 우리는 달라."

"부장님, 우리는 모두 똑같은 우리라구요. 진보는 사회적 불평등을 싫어하고 불합리한 것을 싫어하고 민주주의와 인간이 존중받는 사회를 지향하고 그래서 독재를 견제하는데, 우리가 알고 있는 빨갱이 북한은 진보를 축출하여 씨를 말려버리잖아요. 민주주의를 차단하고 가문 대대로 이어진 세습독재로 국민을 억압하잖아요. 국민을 위해 정부가 존재하는 게 아니라 김씨 가문 세습권력을 위해 국민이……."

"이 새끼가 누굴 초딩으로 아나. 감히 누굴 가르치려고 들어. 건방지게."

"야, 이민구. 우리 대한민국에서는 보수 반대는 진보로, 진보는 곧 좌파로 좌파는 빨갱이와 동격으로 통한다는 거 몰라서 그래? 인정할 건 인정해야지."

이번에는 부장님에게 아부하는 직원들 가운데 가장 고참인 직원이 부장님의 대변인처럼 나섰다.

"선배님, 좌파는 빨갱이가 아니라 우리가 누리는 민주주의 아닙니까. 민주주의의 정체성이 좌파에 있으니까요. 잘 아시잖아요. 오늘날 우리에게 자유와 권리를 안겨준 건 좌파였다는 걸."

"그건 케케묵은 18세기 프랑스 혁명기 적 일일 뿐, 지금 우리와 무슨 상관이야."

갑자기 민주주의가 나오고 프랑스 혁명기가 나오자 분위기가 조금 엄숙해졌다. 직원들은 까맣게 잊고 있었던 민주주의의 본질에 대해 잠깐이나마 생각에 잠긴 듯했다. 나도 마찬가지였다.

좌파는 빨갱이가 아니라 민주주의 정체성이라는 이민구의 말은 맞는 말이었다. 그리고 그건 프랑스 혁명기 적 일일 뿐 우리와 상관이 없다는 선배의 말은 틀린 말이었다. 유럽에서 시작된 좌와 우의 본질은 결국 좌파가 이룩한 민주주의의 탄생 과정이기 때문이다. 사실 좌파라는 용어가 나오게 된 것은 중세 유럽에서였다. 맨 처음 중세 유럽 봉건시대에 자신들의 이익을 지키려는 상인들과 봉건영주에게 맞서 농노들의 권익을 지키려는 집단들을 좌파라고 불렀다. 또 프랑스혁명 당시에는 절대군주의 권력에 맞서 프랑스 시민의 권리를 지키려는 시민집단들도 좌파라고 불렀다. 그리고 좌파와 우파가 정치적인 의미를 갖게 된 것은 1789년 프랑스 혁명이 끝난 직후 소집된 '국민의회'에서 의장석을 기준으로 오른쪽에는 기득권 세력인 왕당파가 앉고 왼쪽에는 공화파가 앉은 것이 기원이 되었다.

그 후 1792년 혁명개혁파인 공화파가 장악한 '국민공회'에서도 좌측에 농민과 노동자, 빈민층을 대변하는 급진 개혁파 자코뱅당이 앉고, 오른쪽에는 상공업자, 부자들을 대변하는 온건 개혁파 지롱드당이 앉았다. 이때부터 프랑스에서 보수적이거나 개혁에 소극적이고 온건한 세력은 우익으로, 상대적으로 개혁에 급진적인 세력은 좌익으로 나누는 것이 관행이 되면서 유럽 정치의 모델이 되기에 이르렀다.

그렇게 좌와 우는 정치세력의 구분이 되었고, 좌파와 우파의 성격은 서로 견제하고 보완하는 의미를 띠고 있었지만 추구하는 세계가 엄연히 달랐다. 무산층인 좌파는 유산층의 기득권에 집중되어 있는 구조를 조금 더 수평적으로 변화시키기를 원하고, 우파는 배타적, 민족주의적 보수를 지향하거나 과거를 중시하면서 약육강식, 적자생존을 추구했다. 그런가 하면 우파는 도덕 중심 사회를 추구하면서 불편해도 지금 이대로가 좋다는 보존주의를 선호했다. 또 우파는 급진적 사회 변화를 거부하면서 자기네들의 집단이익을 위해 극단 자본주의와 시장경제에서 신자유주의를 선호했다.

좌파는 윤리 중심 사회와 미래와 평등주의와 이상주의를 추구하면서 당면해 있는 체제의 단점을 개혁해나가는 진보주의를 선호했다. 또, 우파에 집중되어 있는 자본과 권한을 분배하는 사회를 원하면서 사회적 열세에 있는 집단 이익을 대변했다. 이런 전례를 바탕으로 오늘날 민주주의의 정체성은 좌파에 있게 된 것이라고 역사는 말하고 있기 때문에 이민구의 말 "좌파는 빨갱이가 아니라 우리가 누리는 민주주의라는 것, 오늘날 우리에게 자유와 권리를 안겨준 건 좌파이며 민주주의의 정체성이 좌파에 있다"는 말은 맞는 말이었다.

분위기는 다시 원점으로 돌아갔다. 이민구가 참지 않고 계속 말을 이어갔기 때문이었다.

"다시 말하지만 선배님, 보수와 진보는 반대 개념이 아니라구요. 오른손이 아무리 힘이 세도 왼손이 없다면 균형을 잡기가 힘든 것처럼 보수와 진보는 반대가 아니라 서로 보완 관계라는 말입니다. 그런데 진보와 빨갱이는 동격으로 통한다는 것, 그게 지금 우리가 안고 있는 가장 무서운 적폐라는 사실을 알아야지요. 정치인들이 그런 식으로 국민을 갈라치기 해가지고 자기네들 권력을 지키는 방패막이로 이용하고 있잖아요."

이민구의 말끝에 부장님이 또 나섰다.

"그래, 이민구 네 말대로 방패막이지. 그게 이 나라를 지키는 방법이니까."

"그건 이 나라를 지키는 방법이 아니라 자기네들 권력을 지키는 방법이죠. 해방정국 때 반민특위 위원들을 빨갱이로 몰아 암살했던 것처럼."

"권력이 곧, 나라를 지키는 힘이야. 우리나라는 그래."

"우리나라야말로 그래서는 안 됩니다. 부장님, 우리나라가 어떻게 살아난 나란데요."

"그래, 너 말 한번 잘했어. 우리나라 누가 어떻게 지켜온 나란 줄 알아?"

"알고말고요. 한반도 땅이 생긴 이래, 우리 민족이 형성된 이래 가장 고통스러웠던 일제강점기를 누가 지켜냈는지 저도 잘 알고 있습니다."

"이것 봐, 독립운동가들은 나라를 지키지도 찾지도 못했어. 해방을 안겨준 건 미국이었다구, 미국. 그리고 대한민국 정체성은 해방 직후 대한민국 건국에 있다는 걸 알라구."

부장님의 말을 듣고 있던 이민구는 노골적으로 조소를 흘리며 입을 열었다.

"대한민국은 1919년 4월 11일, 상해 임정에서 세운 겁니다. 그래서 대한민국 정체성은 임정에 있다는 걸 아셔야지요. 이건 우리 대한민국 헌법 첫 문장인 전문에 엄연히 명시되어 있습니다, 부장님."

"그건 엉터리 대한민국이야. 나라가 없는데, 남의 땅에서 건국? 좌파들끼리나 통하는 소리지."

부장님도 이민구를 비웃었다.

"나라가 없다니요? 우리는 주권을 빼앗겼을 뿐, 엄연히 영토와 국민이 있었고 주권보다 더 귀한 민족정신이 있었습니다. 그리고 그 정신으로 상해 임시정부에서 대한민국 국호를 만들어, 미국 등

선진국에 선포했으니, 우리 헌법에 그렇게 명시되어 있으니, 1919년 4월 11일 대한민국 건국은 천하에 그 누구도 부인하지 못할 우리 역사입니다. 아시겠어요, 부장님."

"와, 이 새끼 정말 손톱도 안 들어가는 콘크리트 빨갱이잖아."

"부장님, 제발 부탁인데요. 우리만큼은 그러지 말자구요. 부장님이나 저나 선량하게 살아가는 이 나라 소시민이잖아요. 수단과 방법을 가리지 않고 입에 담지 못할 막말까지 해가면서 권력을 쟁취하려는 정치꾼이 아니잖아요. 우리가 왜 그들의 권력 쟁취를 위해 갈라져야 하는데요. 우리가 왜 그들을 위해 좌파니 우파니 하면서, 서로 적이 되어야 하는데요."

"이 새끼, 이젠 신파조로 나오잖아. 아무리 그래도 넌 나를 설득하지 못해."

부장님은 겉으로 이민구에게 욕을 퍼부으면서 큰소리를 쳤지만 뜻밖에 복병을 만난 셈이었다. 이민구는 정말 신파조로 매달렸다. 제발 우리만큼은 그러지 말자는 이민구의 말은 너무나 간절하여 마치 어긋나게 살아가는 자식에게 부모가 애타게 애원하는 걸 연상하게 했다. 아무튼 이민구의 말에 잠시 분위기가 숙연해졌다. 그래서인지 이번에는 직원들이 부장님을 두둔하지 않았다. 겉으로 말은 못 하지만 그들 얼굴에도 이민구의 말에 공감한다는 표정이 역력했다.

나는 이민구를 힘껏 칭찬해주고 싶었지만 여전히 침묵한 채 자리에서 일어나 화장실에 가는 것처럼 밖으로 나와버리고 말았다. 그리고 정말 화장실로 들어갔다. 그런데 잠시 뒤에 이민구도 밖으로 나와 화장실로 들어왔다. 나는 이민구를 보자 이율배반적으로 "앞으로는 부장님 심기 건드리지 않는 게 좋아요."라고 선배답게 충고했다. 이민구는 별다른 반응을 보이지 않은 채 볼일을 보고는 밖으로 휭하니 나가버렸다.

이민구는 그 후에도 사사건건 부장님과 부딪쳤다. 나는 그런 이민구가 부러웠다. 그럴 때마다 푸른 석류처럼 입을 꽉 다문 채 침묵하는 내가 비루하기 짝이 없다는 생각이 밀물처럼 엄습했다.

며칠 후 제헌절이었다. 뉴스를 듣고 오후에 부모들이 대통령을 만나겠다고 모여 있는 청와대 앞으로 갔다. 청와대 앞 한편에서는 T사 노조원들이 모여 시위를 하고 있었다. 길가에 세워진 차량으로 사람들이 모여들었다. 부모들이 기자회견을 하면서 해경이 공개하지 않은 아이들의 휴대폰 동영상을 발표하겠다고 했다. 김동연이란 학생이 찍은 휴대폰 동영상이 스크린을 통해 공개되기 시작했다. 촬영된 날짜와 시간은 4월 16일 오전 9시 10분이었다. 사고 여객선 객실에서 구조대를 기다리면서 당시 상황과 자신의 심정을 찍은 것이었다. 배가 이미 좌측으로 기울었고 꽃게잡이를 나갔던 우리 배가 현장에 도착한 그 시점이었다.

"코드블루 레드, 코드블루 레드, 지금 전기가 통제됐구요."

동연은 병원 응급실에서 심장마비나 생명이 위급할 때 사용하는 용어 코드블루를 외쳤다. 그리고 전기가 끊어진 상황을 말하면서 공포에 떠는 심정을 말했다.

"나, 무섭다. 진짜 나, 어떡해!"

"지금 상황은, 지금 배가 기울었습니다."

"보이시죠? 지금 일자예요. 일자로 찍고 있는 건데."

동연은 객실 바닥이 급하게 경사진 상태를 '일자'라고 표현했다.

"지금 구조대가 오고 있대요. 구조대가 오면, 얼마나 위험한 상황이냐구요."

동연은 여객선이 문제가 생겼어도 구조대가 올 정도는 아니라고 생각한 모양이었다. 그런데 항해 선교실에서 방송을 통해 구조대가 오고 있으니 너무 걱정하지 말라고 하자 놀란 나머지 하는 말이었다.

"지금 구조대가 와도 300명을 어떻게 구해요. 승객 다 포함해서 한 천 명은 될 텐데."

승객이 얼마나 탔는지 모르는 동연은 거대한 여객선이라 승객이 천 명쯤 될 거라고 짐작하면서 300명이 넘는 학생들을 어떻게 구조할 것인지 걱정한 것이었다.

"나는! 살고 싶은데! 나 울 거 같은데, 아, 나 지금 개무섭습니다."

"내가 왜 수학여행을 와서! 나도 꿈이 있는데, 나는 살고 싶은데!

나도 할 일이 많은데!"

동연은 갈수록 흥분된 목소리로 목이 쉴 지경으로 고함을 지르기 시작했다. 그러다가 나는 살고 싶은데 나도 할 일이 많은데, 라는 대목에서는 힘없이 약해지면서 절망했다.

"헬기가 곧 도착하니……."

방송에서 헬기가 곧 도착한다는 말이 흘러나왔다.

"헬기가 이걸 어떻게 잡아줍니까."

동연은 배가 물속으로 잠겨 들고 있다는 것을 제대로 알지 못한 탓에 헬기가 기울어가는 큰 배를 어떻게 붙잡을 수 있겠느냐고 걱정한 것이었다.

"헬기랑 어선이랑 오고 있답니다. 아, 내가 왜 제주도로 가는 오하마나호를 안 타서, 이런 진짜 욕도 나오는데, 어른들한테 보여줄 거라 욕도 못 하고, 진짜 무섭고, 나는 지금 숨이 턱 끝까지 차오르는데!"

동연은 중간중간 울부짖으면서 나중에 수학여행을 다녀와 동영상을 어른들에게 보여줄 생각을 하고 있었다. 배가 기울기는 했지만, 무섭고 두렵기는 하지만, 그래도 더 이상의 큰일은 일어나지 않을 거라고 생각한 것이었다.

"이거 끈 꽉 묶었습니다. 나, 살고 싶어요."

동연은 주황색 구명조끼를 입고 기울어진 배에서 미끄러지지 않으려고 허리에 하얀 띠를 매고 그걸 배 어딘가에 묶어놓은 상태였다.

"내가 마지막으로, 아, 나는 진짜 하고 싶은 게 많은데 아, 진짜 나 무서워요. 지금, 아, 진짜 울 거 같아요. 나 어떡해요."

배가 점점 기울어짐이 심해지자 동연은 공포를 이기려고 비명에 가까운 악을 쓰기도 했다.

"지금 이렇게 보면 편안한 것 같죠. 아, 나 살고 싶어요. 아, 진짜 어떻게 해야 할지 모르겠어요."

동연의 말대로 휴대폰에 찍힌 경사진 부분이 정말 편안하게 누워 있는 것처럼 보였다. 동연은 갈수록 불안을 느끼며 계속 말을 이었다. 그때 항해 선교실에서 해경이 곧 도착한다는 방송이 나왔다.

"해경이 거의 왔다고 하는데."

"나 살고 싶어요. 지금 내가 여자친구도 없는데, 한 명 사귀어놓을걸. 아, 근데 제가 모솔은 아니니까 괜찮은데요……."

사춘기 청소년다운 말이었다. 한편으로는 아직 어리지만 남자답다는 생각도 들었다.

"이게 마지막 영상입니다. 이 급박한 상황을 내가 KBS, SBS, MBC에 보내서 이 배를 고발하겠습니다. 수학여행 다녀와서 진짜로 나 이 배에게 손해배상 청구받을 거예요. 꼭."

"해경이 온답니다."

그때 다시 해경이 오고 있다고 선교실에서 방송하는 소리가 났다.

“와, 진짜 살고 싶어요!”

동연은 살고 싶다고 소리를 지르더니 갑자기 구명조끼를 들춰 보였다.

“잠깐만요. 제가 지금 무서운 걸 봤는데. 이거 1994년에 만든 구명조낍니다. 이거 몇 년 전 거야. 10년 됐어요. 나 어떡해!”

“10분 동안 여기서 버티랍니다. 여긴 3층인데, 우리는 3층에 있는데, 2층은 벌써 잠겨버렸는데, 이 개자식들!”

선교실에서 승객들에게 객실에서 움직이지 말고 10분만 기다리라는 방송을 한 것이었다. 그때 벌써 2층까지 물에 잠겨 든 상태였다. 생각해보니 그 시간은 우리 배가 스타호에 접근하려다 제지당한 시점이었다. 다급해진 동연은 마지막을 고하는 말을 하기 시작했다.

“할머니, 엄마, 아빠, 사랑해. 누나, 많이 싸웠는데 참 고맙고, 그리고 형(교회에서 친하게 지내는 형) 마지막으로 보고 싶었는데…….”

우리 출발 예정 시간은 6시 30분,
우리가 출발한 시간은 8시,
지금 배는 85도,
내 머릿속 온도는 100도.

나 어떡해,

나, 하고 싶은 일 많아,

나, 살고 싶어!

동영상은 동연이 마지막으로 랩송을 부르는 것으로 끝났다. 죽고 싶지 않다고 애를 태우던 동연은 시신으로 발견되고 말았다. 고등학교 2학년인 동연은 똑똑하고 성깔도 있고 예의 바르게 잘 자란 아이였다. 나는 가슴이 짓눌려오는 통증을 참으려고 심호흡을 펴냈다. 나뿐만 아니라 동영상을 보는 사람들 모두 눈물을 흘렸다. T사 노조원들도 시위를 멈추고 눈물을 닦고 있었다. 그런데 동연이가 부른 랩송을 들어보면 출발 예정 시간은 6시 30분이었고 배는 8시에야 출발했다. 무려 1시간 30분이나 늦은 출발이었다. 그렇다면 스타호가 맹골수를 타는 이유를 알 만했다. 우리 배 아저씨들 말대로 스타호는 출발 시간이 늦은 만큼 시간이 무척 바빴을 것이고 맹골수를 타고 시간을 절약하려고 속력을 냈을 것이었다. 거기다 과적을 했고, 가분수가 된 배는 중심을 잃고 넘어질 수밖에 없었다.

나는 동연이의 동영상을 보자 지척에 있으면서 왜 그 시간에, 배로 뛰어 올라갈 생각을 하지 못했을까, 숙부나 돌고래호 선장처럼 왜 과감하게 접근하지 못했을까, 소형선들이 아이들을 구조해 우리 배로 넘겨줄 때 왜 소형선에 합류하지 하지 못했을까, 라는 후회 때문에 자꾸 가슴이 아팠다. 몰려든 어선만 해도 50척에 가까웠다. 나중엔 할 일 없이 배가 남아돌았는데 왜 그 생각을 못 했는지, 뛰어 올라가 단 한 명이라도 손 잡고 나오지 못했는지 생각할수록 가슴이 아렸다.

동영상은 동연이 것 외에도 몇 개가 더 있었다. 같은 학년 아이들이 돌아가면서 찍은 동영상은 동연이 것보다 훨씬 긴 것이었고 당시 상황을 더 자세히 말해주었다.

나는 아이들이 찍은 동영상을 모두 본 다음 집에 돌아와 선사 홈페이지에서 스타호 도면과 그날 탑승했던 승객들 위치를 분석하면서 동연이가 3층 어디에 탔는지 조사해보았다. 배의 구조는 가장 아래층부터 기관실갑판, 화물실갑판1, 화물실갑판2 등을 제외하고, 3층부터 객실이 시작되었다. 객실은 수십 명이 앉을 수 있는 단체실과 7, 8명을 수용하는 소수실로 나뉘어 있었다. 3층 객실에는 식당, 휴게실, 편의점, 안내소, 레크리에이션실, 어린이방, 노래방, 오락실 등 여러 가지 편의시설이 갖추어져 있고 학생 143명과 교사 일부와 일반 승객이 있었다. 4층 객실에는 학생 172명과 교사 일부가 타고 있었다.

5층은 항해 선교실이었다. 또 5층에는 VIP실이 있고 승무원실이 있고 조타실이 있었다. VIP실은 방이 네 개였다. 방 네 개 중 교감이 하나를 사용하고, 나머지는 여자 교사 다섯 명이 나누어 사용하고 있었다. 사람이 가장 많이 탄 4층엔 반별로 일고여덟 명씩

혹은 단체로 분산되어 있고 남자 교사들이 함께 타고 있었다. 동연은 3층 우현 선수 부분에 있었다. 뱃머리 쪽인 우현 선수 부분이라면 비교적 좋은 위치였다. 배가 어느 쪽으로 넘어지든 배가 물속으로 가라앉을 때 선수 쪽이 가장 늦게 가라앉은 탓에 밖으로 나오기가 비교적 수월한 위치였다. 아버지가 우리 배를 여객선으로 몰고 들어가려고 시도했을 때, 그때 해경의 제지를 무시하고 배를 몰고 들어갔더라면 동연이뿐만 아니라 3층에 있는 아이들을 어느 정도 구할 수 있었다는 계산이 나왔다.

부모들은 광화문광장에 자리 잡고 앉아 단식투쟁을 쉬지 않았다. 동영상을 본 후로 나는 단식투쟁을 하는 곳에 자주 나갔다. 그때 배로 올라가 아이들을 살려내지 못했다는 죄책감 때문에 부모들 곁에서 자주 맴돌았다. 그런데 광화문광장은 점점 험악하게 변해가기 시작했다. 단식하는 부모들에 맞서 보수단체라고 밝힌 사람들이 맞불을 놓기 시작한 것이었다. 그들은 "가짜 단식, 광화문을 돌려달라"는 플래카드를 펼쳐 들고 "특별법이 웬 말, 종북세력은 경제를 파탄 내 대한민국을 침몰시키려 하는가!"라고 외쳤다. 젊은 청년들 10여 명이 단식하는 부모들 옆에서 먹기 퍼포먼스를 펼쳤다. 부모들이 단식하는 척하면서 국민들 몰래 초코바를 먹는다면서 부모들 앞에 초코바 수천 개를 깔아놓고 먹어보라며 조롱했다. 지나가는 시민들에게도 마음껏 먹고 가라고 권했다. 어떤 중년 남자가 영문 모른 채 몇 개 주워 들더니 깜짝 놀라 던져버리면서 "무섭고 놀라운 세상"이라고 고개를 흔들었다.

어느 날에는 애국보수 청년들이라는 젊은 청년들이 태극기를 들고 애국가를 제창한 다음 순국선열에 대한 묵념으로 행사를 시작했다. 잠시 후 대표로 나선 연사가 "광장에 유족들은 거의 안 보인다. 조용히 집에 있다. 데모꾼, 시위꾼들만 여기에 있다."고 외치면서 단식투쟁하는 부모들에게 광화문광장에서 나가달라고 요구했다. 그들은 대한민국을 수호하기 위해 진정한 애국 젊은이들이 일어섰다고 했다. 나는 김구 선생의 『백범일지』 가운데 "자기가 가장 애국자인 것처럼 떠든 것이 문제"라고 한탄했던 글을 떠올리며 가슴을 손바닥으로 쓸어내렸다. 통증이 일어난 탓이었다.

두 번째 연사가 나섰다. 스님 복장을 한 나이가 지긋한 분이었는데 그는 마이크를 잡자마자 섬뜩한 말을 쏟아내기 시작했다.

"유족에 대해 가슴 아파하지 않는 사람 없을 것이다. 광화문광장을 빨갱이 불순 반동세력들이 점령하고 있다. 빨갱이들을 죽이자! 우리 대통령은 김정은과 같은 권력을 갖고 있지 못한데 종북단체는 레이디 각하가 엄청난 권력을 가진 것처럼 수사권, 기소권을 달라고 폭동을 일으키고 있다!"라고 했다. 그의 말이 끝나자마자 여기저기서 "너무 심하다. 스님이 저게 뭐냐. 무섭다. 레이디 각하는 또 뭐냐."라며 웅성거렸다.

결국 누군가 소리쳤다. “이 나라는 당신들만의 나라가 아니다. 말투를 보니 당신들이야말로 빨갱이가 아니냐. ‘불순 반동세력’이라는 용어는 당신네들 말대로 빨갱이들이나 쓰는 말이라는 거 대한민국이 다 아는 사실이다.”라고 했다. 모두 소리치는 쪽으로 고개를 돌렸다. 뜻밖에 말단 이민구였다. 나는 손바닥이 터져라 박수를 쳤다. 여기저기서 우레 같은 박수가 터지면서 “옳소, 너희들이 빨갱이다. 불순 반동세력이니 하는 말은 빨갱이들이나 쓰는 말이다!”라고 응수했다. 정말 ‘불순 반동세력’이라는 말을 서슴없이 하는 그들은 누구인가? 라는 생각이 들었다. 대한민국 사회에서 ‘반동’이라는 북한의 정치적인 용어를 들어볼 수 없기 때문이었다. 나는 서둘러 이민구 쪽으로 갔다.

“대리님이 여길 어떻게?”

이민구는 의외라는 표정을 감추지 못했다. 직원들 사이에서 언제나 침묵으로 일관하는 내가 그런 곳에 있다는 것을 그는 이해할 수 없어 했다.

“대단해, 이민구 씨.”

“뭘요. 저 사람들 억지를 듣고 있자니 울화통이 터져서 나도 모르게 그만.”

“그래요. 말을 해야 할 때 말을 해야 해요. 그런데 용기가 없어서 나서질 못하죠.”

나는 정확하게 내 말을 스스로 하면서 이민구의 등을 토닥거려

주었다.

광화문광장 맞대결은 거기서 끝나지 않았다. 자칭 보수 애국청년이라는 청년들은 수위를 더 높였다. 그들은 단식투쟁을 하는 부모들에게 보란 듯이 치킨과 피자, 맥콜을 나눠 먹으며 음악에 맞춰 춤을 추는 일명 '치맥시위'란 걸 펼쳤다. 구경하는 사람들도 반응이 달랐다. 40대로 보인 남자가 "악랄하군!"이라고 하며 고개를 흔들었다. 50대로 보인 어떤 남자는"우리 사회가 갈 데까지 간 거야. 바닥을 드러냈어."라고 한탄을 금치 못했다. 한편 70대, 80대로 보인 할아버지들은 "너희들이 빨갱이들로부터 이 나라를 지켜야 한다."라고 당부하면서 퍼포먼스를 벌이는 청년들을 격려해주었다. 이번에도 이민구는 가만히 있지 못해 퍼포먼스를 하는 청년들에게 다가갔다. 나는 이민구를 말렸다.

"이민구 씨, 이 사람들 더 이상 건드리지 않는 게 좋을 것 같아요."

"왜요? 제가 봉변이라도 당할까 봐 두려우세요?"

이민구는 내 속을 빤히 들여다보는 것처럼 말했다. 나는 그렇다고 대답할 겨를도 없이 얼굴이 붉어지고 말았다. 이민구 말대로 나는 그들이 두려웠다. 그래도 무슨 말인가는 해야 할 것 같아 변명을 늘어놓았다.

"저들의 행위는 비상식적이고 비인간적이잖아요. 그런 사람들이 무슨 짓인들 못 하겠어요?"

“비상식적이고 비인간적인 사람들이 두려워서 할 말을 하지 못한 걸 더 두려워해야 하지 않을까요, 대리님?”

이민구의 말에 나는 가슴이 뜨끔했다. 나의 정곡을 찌른 탓이었다. 그렇더라도 나는 현장 분위기가 심상치 않아 그를 잡아끌었다.

“그래도 오늘은 안 돼요. 나랑 일단 여길 나가요.”

나는 이민구를 억지로 끌고 그들로부터 벗어나 걸었다. 광장 한가운데 앉아 있는 세종대왕 동상 앞으로 갔다. 우리는 마치 약속이라도 한 것처럼 대왕의 동상 앞에서 걸음을 멈추고 동상을 바라보았다.

대왕께서도 광장에서 벌어지고 있는 상황을 허탈하게 바라보고 있었다. “내가 우리 글을 만든 것은 너희들이 서로 소통하며 살기를 바란 것이었거늘, 너희들은 어찌하여 그토록 불통하느냐.”고 통탄하는 것 같았다. 중학교 시절, 힘센 놈들에게 붙잡혔을 때 나를 구해주면서 세상에는 약자를 괴롭히면서 즐기는 족속들이 있게 마련이며 그런 놈들을 반드시 이겨야 한다는 정신, 그런 놈들에게 절대로 지면 안 된다는 정신을 가져야 한다고 당부해주었던 아저씨가 떠올랐다. 이민구가 그런 사람 같았다. 비상식적이고 비인간적인 사람들이 두려워서 할 말을 하지 못한 걸 더 두려워해야 한다는 이민구야말로 절대로 그런 사람들에게 지면 안 된다는 걸 알고 있었다. 내가 이런 곳에 올 줄 꿈도 꾸지 않았다며 이민구가 놀라듯이, 나는 죽었다 깨어나도 그 아저씨가 당부했던 말을 실천하기는 틀린 놈이라고 세종대왕 앞에서 부끄러움을 감추지 못했다.

다음 날부터 광화문광장 퍼포먼스를 두고 인터넷이며 온 사방에서 불꽃이 튀었다. 잘했다는 사람들과 그게 인간이냐고 비난하는 사람들이 대립했다. 우리는 퇴근 후 술집에 모였다. 부장님은 마치 기다렸던 것처럼 속이 시원하다며 즐거워했다.

"역시 애국청년들답지 않아? 어떻게 그런 발상을 생각해냈는지. 아무튼 젊은 애국청년들이 살아 있어 다행이지 뭐야."

"동감입니다. 상상을 초월할 정도로 기발한 아이디어였어요."

"정말 내가 하고 싶은 걸 그 청년들이 대신해준 것 같아 고맙더라구요, 부장님."

이쯤 되자 이민구가 또 가만히 있지 못했다.

"애국을 모독하지 마세요. 억울하게 자식 잃은 사람들의 아픔을 조롱하고 야유하는 인간들이 애국청년들이라구요? 그건 비뚤어진 문제의 청년들이죠."

"그럼 우리 신성한 광화문광장을 빨갱이들이 불법으로 점거하도록 두잔 말이야? 그들은 유족이 아니라 좌파 빨갱이 종북 새끼들이란 걸 몰라서 그래?"

"부장님, 제발 빨갱이니 종북이니 하는 야만적인 방패 좀 버리시라구요. 도대체 이 좁은 땅, 우리 국민끼리 무슨 원수가 져서 그러세요. 누굴 위해서, 뭘 위해서요?"

"이 새끼, 정말 빨갱이 골수분자잖아?"

"부장님이야말로 콘크리트 빨갱이가 아닙니까."

이민구의 말이 떨어지기가 무섭게 부장님이 벌떡 일어나 이민구의 뺨을 향해 손을 날렸다. 이민구가 재빠르게 얼굴을 피하자 부장님의 손은 허공을 치고 말았다. 부장님은 다시 손을 번쩍 치켜들어 치려고 했다. 이민구가 부장님 팔을 휘어잡아 꺾어버렸다. 이민구는 정면으로 대결할 태세였다. 아무도 두 사람을 말리지 않았다. 아니 말리지 못했다.

나야말로 부장님이나 이민구를 말릴 엄두를 내지 못한 채 침묵만 지키고 있었다. 침묵한 채 앉아 또다시 비루한 인간이라는 자조를 감추지 못했다. 그리고 스스로에게 화가 치밀어 올랐다. 그래서 자신이 미치도록 싫다는 생각을 하면서 부장님을 바라보았다. 그런데 나도 모르게 부장님을 노려본 모양이었다. 이민구에게 팔이 꺾인 부장님은 힘으로 이민구를 감당할 수 없다는 걸 직감했는지 더 이상 상대를 공격하지 않았다. 대신 화살을 나에게 쏘았다.

"오라, 김 대리가 결국 본색을 드러내는군. 눈빛이 확 달라졌잖아."

사람들이 모두 나를 쳐다봤다. 나를 쳐다보는 눈들을 의식하며 나는 있는 힘을 다해 입을 앙다물었다. 자칫 열릴지도 모른 입을 억제하려고 하자 입술에 경련이 일면서 파르르 떨렸다.

"왜, 할 말이 있는 것 같은데? 어서 말해보라구. 이민구 이 자식 편이라도 들고 싶은 거야?"

그때 가슴에서 통증이 일어났다. 나는 가슴을 손바닥으로 비비며 빨라진 호흡을 조절하려고 애썼다. 부장님은 그런 나를 아랑곳하지 않은 채 다시 이민구를 겨냥했다.

"경고하는데 다시는 유족의 유 자도 꺼내지 마. 내 앞에서 스타호 '스' 자도 거론하지 말란 말이야."

"그건 내가 부탁하고 싶은 말입니다. 언제나 부장님이 스타호 말을 했고, 유족들을 비아냥거리지 않았습니까."

"이 새끼, 뭐야!"

부장님이 다시 팔을 뻗어 이민구의 멱살을 쥐고 흔들었다. 이민구는 마구 흔들리면서도 눈썹 하나 까딱하지 않았다.

"이민구, 빨리 부장님께 사과해. 사과하라구."

직원들이 서둘러 이민구에게 사과하라고 독촉했다. 이민구는 사과 대신 직원들을 향해 "비겁한 인간들!"이라고 소리쳤다. 그 비겁한 인간들 무리에 나도 포함되어 있었다.

"바로 당신 같은 사람들 때문에 나라가 이 모양이라는 거 한 번이라도 생각해봤어! 부장님 이하 당신들은 국민도 아니야."

이민구는 다시는 부장님이나 직원들을 대면하지 않을 것처럼 막 나가기 시작했다.

"이 새끼가 정말 눈에 보이는 게 없군!"

"새끼, 새끼, 새끼, 부장님 눈에는 사람이 짐승 새끼로 보이는 겁니까."

"그래 빨갱이 종북 새끼들은 짐승이야."

"당신들은 짐승보다 못하다는 거 아세요?"

"너 오늘 박살을 내버리고 말 거야."

부장님이 자리를 박차고 벌떡 일어났다. 나도 벌떡 일어나 이민구를 끌고 밖으로 나와버렸다.

밤거리에서 우리는 말없이 걸었다. 그렇게 한참을 걷다가 이민구가 나를 향해 "이러면 대리님도 빨갱이가 되는데 괜찮으세요?"라고 했다. 나는 걸음을 멈추고 이민구를 바라보았다. 아주 유심히 바라보면서 "너 어쩌려고 그래? 회사 어떻게 하려고?"라고 묻고 싶었지만 그만두었다. 이민구에게 그런 걸 묻는다는 건 나약하기 짝이 없는 내 치부를 드러낸 것 같아서였다. 대신 이민구의 말에 대답했다.

"나는 부장님식의 빨갱이도 못 된 존재야."

"그래요? 하하,"

이민구는 크게 웃었다. 웃음소리로 봐 나를 결코 저급한 인간으로 보는 것 같지는 않았다. 이민구를 끌고 밖으로 나와버렸다는 것은 부장님에 대한 저항이나 다름없었다. 그때부터 부장님을 노골적으로 피하기 시작했다. 마음뿐만 아니라 눈으로도 더 이상 보고 싶지 않았다.

세상은 특별법 문제로 여전히 시끄럽고 부장님의 빨갱이 억지도 갈수록 수위가 높아졌다. 부장님의 빨갱이 수위는 결국 프란치스코 교황 방한 때 절정에 이르렀다. 2014년 8월 14일, 스타호 침몰사고가 나고 4개월 만에 프란치스코 교황이 우리나라를 방문했다. 교황이 한국을 찾은 것은 요한 바오로 2세가 1984년과 1989년 2회에 걸쳐 방문한 이후 세 번째이고 햇수로는 무려 28년 만이라고 뉴스는 전했다. 교황은 우리나라에서 초대한 국빈으로 왔지만 한국 방문의 또 다른 목적은 크게 두 가지가 있었다. 과거 조선 왕조 때 박해를 받았던 인물들 가운데 123위 순교자들의 시복식과 또 하나는 대전교구에서 열리는 아시아청년대회에 참석하는 일이었다.

프란치스코 교황의 방한과 함께 세계의 관심이 우리나라로 향했다. 프란치스코 교황이 즉위한 이후 우리나라가 아시아 최초의 방문국인 데다 스타호 참사가 세계적인 뉴스로 떠오르면서 희망을 상징하는 노란 리본이 세계적으로 물결친 탓이었다. 그리고 또 하나는 위안부 문제가 국제적인 이슈가 되어 있는 탓이기도 했다. 더욱이 프란치스코 교황은 역대 교황 중 가장 존경받는 인물이었다. 일평생 실천해온 낮고 검소하고 헌신적인 삶 때문이었다. 그는 주교 시절에도 손수 화장실 청소를 했을 만큼 낮음을 실천했고, 교황이 된 후에도 지하철을 타고 다니면서 시민들과 이야기를 주고받은 것으로 알려져 있었다.

그의 낮은 자세는 방문국에서 가장 먼저 실행하는 방명록에서부터 드러났다. 그는 A4 용지 열 장 정도나 됨 직한 하얀 백지 아랫부분 한 귀퉁이에 아주 작은 글씨로 '프란치스코'라고 썼다. 누가 봐도 글자가 너무 작았다. 기자가 궁금해 물었더니 "보잘것없는 낮은 존재인데 이름을 크게 쓸 수 없기" 때문이라고 했다.

또 외국을 방문할 때면 방문국에서 생산되는 차량 가운데 중형이나 소형급을 이용한다는 교황은 우리나라에서도 의전 차량으로 기아 제품 쏘울을 탔고, 퍼레이드를 할 때는 무개차로 개조한 싼타페와 카니발을 이용했다. 장거리를 이동할 때는 헬기 대신 KTX 고속기차를 탔다. 그의 낮은 자세와 검소함을 말하자면 끝이 없지만 한 가지만 더 덧붙이자면 우리나라가 방문 기념으로 모나미 볼펜을 선물하면서 그것까지도 교황의 검소한 성품에 맞추었다는 것은 또 하나의 감동이었다. 국내 기업인 모나미 측은 스테디셀러이자 대표 상품인 '모나미153' 볼펜을 교황에게 증정했는데 여기에는 깊은 의미가 숨어 있었다. '모나미153'은 신약성서의 요한복음 21장 11절 내용, "시몬 베드로가 올라가서 그물을 육지로 끌어올리니 가득 찬 고기가 153마리였다."는 의미를 담고 있었다. 모나미 측은 세상에서 하나뿐인 교황 전용판이라 금으로 만들려고 했지만 프란치스코 교황은 취임 당시 어부를 상징하는 반지를 은으로 만들도록 당부했다는 것을 생각해 볼펜 금속 부위는 은을 사용하고, 나머지 부분은 세라믹 소재를 사용하여 제작한 것이라고 했다.

"정말 존경하지 않을 수가 없어, 사람이 저 정도는 돼야 하는데!"

뉴스를 들으면서 제일 먼저 감탄한 사람은 부장님이었다. 부장님은 감탄하다 못해 "사람이 저 정도는 돼야 하는데!"라고 한탄까지 했다. 그 말은 감히 교황 같은 사람이 되고 싶다는 게 아니라 자신도 그렇게 낮은 자세로 겸허하게 살고 싶다는 소망이 담겨 있는 듯했다. 그건 부장님뿐만 아니라 나도, 우리 회사 직원들도 모두 마찬가지였다.

"정말 근사하고 멋있어 보이죠, 부장님?"

"높은 사람들이 프란치스코 교황처럼만 산다면 세상이 아마 천국이 되지 않을까요?"

"그렇겠지, 그런데 세상이 어디 그러냐구."

"맞아요. 낮은 사람이 자신을 더 낮추면 아예 바보 취급을 하는 세상이니까요."

"그래서 솔선수범이라는 말이 생겼겠지, 아마도."

부장님과 직원들의 말에 나도 공감이 갔다. 지위를 무시하고 낮은 자세를 보여준 교황은 근사하고 멋있어 보였다. 직원들 말대로 높은 사람들이 프란치스코 교황처럼 산다면 세상이 정말 천국으로 변할 것이었다. 그런데 멋있고 근사하고 훌륭해 보인 교황에 대한 부장님과 직원들의 감탄은 거기까지였다.

방문 둘째 날부터 부장님은 교황의 행보에 촉각을 세웠다. 그날 대전 월드컵경기장에서 열린 '성모승천대축일 미사'에 스타호 침몰 희생자 부모들과 생존자들이 초대된 탓이었다. 더욱이 교황은 가슴에 노란 리본까지 달고 있었다. 교황은 모든 공식 행사에 노란 리본 배지를 달고 등장했고, 그것은 우리 부장님 같은 사람들을 무척 화나게 만들었다.

그런 데다 교황은 성모승천대축일 미사 중 강론을 통해 대대적으로 부모들을 위로하고 나섰다. 교황은 말로 대충 위로하는 것이 아니라, "아직 구조되지 못한 실종자 유족들에게 직접 찾아뵙지 못해 죄송하며, 결코 잊지 않고 기도하고 있다."는 장문의 편지를 발표했다.

"저자들, 어떻게 교황을 구워삶았지? 교황이 꼭 스타호 유족들을 위해 우리나라에 온 것 같잖아!"

"십자가를 지고 순례를 한다는 그 자체가 교황을 목표로 한 것 아닐까요, 부장님?"

"맞아, 틀림없이 그런 속셈이 있었던 거야. 자기들 키보다 더 큰 십자가를 끌고 다니는 걸 보고, 교황이 눈을 번쩍 뜬 거지."

"교황을 만나게 해달라고 미리 로비를 했다는 소문도 있던데요?"

"그렇지 않고서야 교황이 저렇게까지 할 리 없지."

뉴스를 보던 부장님과 직원들은 몹시 불쾌한 표정을 지어가면서 교황의 행동을 주시하고 있었다. 그들 말대로 부모들은 스타호 특별법 제정을 촉구하기 위해 '스타호 십자가 순례단'이라는 이름으로 성인 키 높이의 십자가를 지고 도보 순례 중이었다. 그리고 십자가를 지고 대전을 방문하게 되었고, 교황은 위로의 편지를 발표한 것이었다. 놀랍게도 편지에는 실종자 아이들 이름이 모두 적혀 있었다.

교황은 방한 4박 5일 동안 스타호 부모들뿐만 아니라 위안부 할머니들도 지극한 사랑으로 품어주었다. 교황은 그들 외에도 사회적 약자로 고통을 당하는 소외계층들을 향해 일일이 관심을 쏟아주었고, 그것은 일부 보수 논객들을 가만히 있지 못하게 만들었다. 보수 논객 가운데 J 씨가 가장 극에 달한 말과 글로 부모들과 교황의 행보를 비판하기 시작했다.

부장님이 가만히 있을 리 없었다. 부장님에게 항상 맞장구를 쳐주는 직원들도 마찬가지였다.

"이제 보니 프란치스코 교황, 좌파야. 종교인이면 종교인답게 행동해야지. 중립을 지켜야지. 왜 남의 나라에 와서 자기 마음대로 난리를 떠는 거냐구."

"저도 부장님과 같은 생각입니다. 손님으로 남의 나라에 왔으면 중립을 지켜주는 게 예의인데 말입니다."

"교황이 스타호 유족들의 고통 앞에 중립을 지킬 수 없었다고 했다는데, 이거야말로 종교를 빗댄 정치적 쇼 아닙니까?"

그들은 어이없게도 교황이 '중립'을 지키지 않았다고 불만을 터트렸다. 사실 극우 성향 보수파들이 교황에게 중립을 위해 가슴에 달고 있는 노란 리본을 떼달라고 요구했음에도 교황은 유족들의 고통을 외면할 수 없다면서 방한 기간 동안 끝까지 가슴에 단 노란 리본을 떼지 않았던 것으로 알려졌다.

내가 알기로 중립은 어느 한쪽으로 기울지 않는다는 것을 겉으로 표현하는 행위를 말한다. 그래서 중립은 자칫 사람을 기회주의자로 만들 수 있고, 한편으로는 지혜로운 자로 만들 수도 있는 것이다. 만약 어느 한쪽의 이익을 위해 중립했을 경우 한쪽은 피해를 봐야 한다. 힘센 쪽과 힘이 약한 쪽의 관계에서 중립했을 때 분명 힘이 약한 쪽이 피해를 보게 되는 것은 상식이다. 그럴 때 중립을 지킨 자는 힘이 센 쪽의 눈치를 본 것이 된다. 그런데 중립이 중립다울 때가 있다. 강자와 약자 사이에서. 약자를 위해 중립을 할 때만이 중립은 가치를 지니게 된다고 나는 믿고 있었다.

교황은 약자를 위해 중립을 지키지 않았고 일부 보수파 논객들이 격하게 흥분하고 말았다. 프란치스코 교황은 처음부터 신자유주의를 반대해온 사람이라면서 자본주의를 부정하고 사회주의 경제를 추종한다는 비난까지 서슴지 않았다. 1980년대에 영국의 대처리즘과 미국의 레이거노믹스로 시작된 신자유주의는 민영화로 대표된다는 것은 누구나 다 아는 일이다. 당시 대처 수상과 레이건 대통령이 경제 침체를 해결하는 방책으로 정부가 가지고 있는 것을 민간 기업에 넘기는 정책을 만들어냈고 그것은 전 세계로 퍼져나갔다. 그러다가 2000년대에 들어서면서 다른 나라들은 금융위기로 주춤했고, 우리나라는 금과옥조로 민영화를 받들어온 것인데, 교황이 신자유주의 역기능을 비판한 것은 의미심장한 것이었다.

그러니까 시장에 국가의 역할을 최소한으로 제한한 것은 민영화가 시장을 이끌면서 국민들의 삶을 더욱 윤택하게 해달라는 것인데, 오히려 국민의 삶을 불안하게 만들어버리는 일이 날로 늘어간다는 지적이었다. 그래서 시장에 맡길 수 있는 부분과 그렇지 못한 부분을 합리적으로 구분해야 한다는 주장이었다. 과도하게 증가한 민영화를 적당한 선으로 줄이고 대신 위험할 정도로 위축된 공공성을 적절하게 회복시키는 것이 필요하다는 주장이었다. 스타호 침몰도 과도하게 증가한 민영화가 부른 화였기에 교황은 더욱 가슴 아파하는 행동을 보여준 것이라고 나는 이해했다.

"이제 보니, 교황, 저 노인네 완벽한 빨갱이야!"

부장님은 드디어 교황을 빨갱이로 단정했다.

"J 박사님 말씀이 백번 옳지 않습니까, 부장님."

"그렇지, J 박사님의 정론직필을 생각해보라구. '그는(교황) 만나서는 안 될 정치집단들을 만나 사회갈등의 불씨를 심었다. 사회적 약자로 변장한 용산 패거리들의 유족도 안아주었고, 빗나간 폭력

집단이었던 쌍용자동차의 일부 나쁜 노조 집단도 위로해주었고, 송전탑 설치 반대 집단, 제주 해군기지 반대자들, 심지어는 자식의 주검으로 한밑천 장만하고 신분 상승까지 해보려는 스타호 유가족들을 격려하고 감쌌다.'고 지적한 건 촌철살인이지."

"박사님의 촌철살인적인 글은 그것뿐만 아닙니다. '도대체 누가 스타호 유족의 처지를 어떻게 말해주었기에 교황이 스타호 유족의 처지를 매우 불쌍한 처지라고 생각하는가? 그들은 지금 불쌍한 처지가 아니다. 그들만큼 국민으로부터 거국적인 위로와 지원을 받은 유가족은 없을 것이다. 그런데 그들은 심성이 불순하여 베풀어 줄수록 양양해서 이제는 국민이 베풀어준 것에 대해 고마워하지도 않는 눈치다. 오히려 그런 국민의 주머니를 더 많이 털어 일생 동안 호강하고 병원 다니고 자녀들을 시험 없이, 학비 없이 대학 보내고, 의사상자로 지정되어 순국선열보다 더 높은 반열에 올라 개국공신 이상의 대우를 받으려고 끝없이 욕심을 부리고 있다.'는 말씀은 속을 시원하게 뚫어주는 명문장 아닙니까?"

"J 박사님 정론직필이야 유명하지만 특히 '국가가 어마어마한 국민 세금을 써가면서 광화문광장이라는 상징성 있는 공간을 오직 천주교 행사에 내주고 엄청난 경찰력을 동원하여 질서를 유지하고, 대통령이 교황의 아래에 섰다. 도대체 이런 파행이 어떻게 해서 정당화될 수 있는 것인지 나는 아직도 이해할 수 없다. 결국 좌익들이 교황을 그들의 욕심을 관철시키기 위한 수단으로 악용

한 결과로 이런 무리한 파행이 자행된 것이 아니었던가?'라며 광화문광장을 사용하게 한 것에 대해서도 한 방 날린 것은 진정으로 국민을 위한 범국민적 차원에서 매우 유효적절한 말씀을 했다고 봅니다."

국빈에 대한 예의를 파행이라고 한 J씨의 말은 상식에 벗어나도 한참 벗어난, 말도 안 되는 억지였지만 광화문광장에 모인 인파는 그야말로 엄청난 것이었다. 방한 셋째 날인 8월 16일, 교황은 서소문 순교성지를 참배한 후에 광화문광장에서 123위 순교자 시복식을 거행했다. 광화문광장은 천주교 신자 선조들이 옥고를 치렀던 형조와 우포도청, 의금부 등이 있던 곳으로 그때 희생된 순교자들의 피가 배어 있는 탓이었다. 그날 시복식에 참여하기 위해, 또는 교황 프란치스코를 보기 위해 광화문광장으로 100만에 가까운 인파가 모여들었다. 나와 이민구도 교황을 보러 갔다. 광장은 말 그대로 인산인해를 이루었다. 전국에서 버스 1,700여 대가 광화문으로 사람들을 실어날랐고, 자원봉사자만 해도 만여 명이 넘었다. 신자가 아닌 일반인들도 수십만 명이 모였고, 세계에서 모여든 취재기자가 3천여 명에 이르렀다. 그리고 교황 경호와 질서를 위해 경찰 병력 3만여 명이 동원되었으니 J씨 입장에서는 열불이 터질 만했다.

부장님과 직원들 말대로 보수 논객 J씨가 스타호 희생자 부모들과 프란치스코 교황의 행보를 비판한 것은 도를 넘다 못해 능욕적이고 잔인했다. 부장님과 직원들이 말을 주고받을 때마다 나는 이민구를 살폈다. 드디어 이민구가 돌이킬 수 없는 비수를 빼 들고 말았다.

"부장님, 그리고 선배님들, 지금 당신들이 무슨 짓을 하고 있는지 아십니까?"

"뭐, 당신들? 무슨 짓?"

"그래요, 당신들, 당신들이 지금 무슨 짓을 하고 있는지 아느냐구요. 당신들은 지금 선을 베푸는 교황을 모욕했고, 그렇지 않아도 다 허물어진 스타호 유족들 가슴을 무자비하게 난도질했다는 걸 아느냐구요! 내가 마지막으로 한마디만 더 하죠. 중요한 일일수록 근원으로 돌아가라는 말이 있는데 잘 생각해보기 바랍니다. 스타호 참사의 근원을."

이민구의 말에 나는 가슴이 쿵 내려앉으면서 소름이 돋았다. 선을 베푸는 교황을 모욕한 것은 곧 선을 짓뭉개는 것일 테고, 그것은 부모들 가슴에 비수를 꽂는 행위라는 생각 때문이었다. 그리고 부모들 가슴에 꽂은 비수는 내 가슴에 꽂힌 것과 마찬가지였다. 물론 자식 잃은 부모들과는 비교할 수 없지만 스타호 침몰을 눈앞에서 바라본 나도 부모들 못지않은 상처를 입은 탓이었다. 또 이민구가 마지막으로 덧붙인 말 '중요한 것일수록 근원으로 돌아가라'는 말은 말 그대로 중요한 말이었다. 스타호 문제의 근원을 덮어두고 계속 아군과 적군이 싸우듯 정치적으로 전쟁을 하는 데만

몰두한다면 앞으로도 제2, 제3의 스타호가 얼마든지 생길 수 있기 때문이었다.

"이민구 너, 절대로 용서 안 해, 가만두지 않을 테니 두고 보라구."

부장님은 다른 때와 달리 간단하게 말했다. 어떤 결단을 한 모양이었다. 이민구야말로 이미 어떤 결단을 하고 마지막으로 있는 힘을 다해, 하고 싶은 말을 쏟아낸 것 같았다. 나도 이민구와 같은 심정이었다. 이번에야말로 어떤 결단을 해야 한다는 생각이 강력하게 밀려들었다.

나는 무단결근을 한 끝에 몸이 아프다는 이유로 사표를 써서 우편으로 부치고 말았다. 우체국을 나서는 순간 탱탱하게 차오른 오줌을 마음껏 싸버린 것처럼 속이 시원했다. 어디서 그런 용기가 솟구쳐 올랐는지 모를 일이었다. 실은 사표 문제는 진작부터 마음먹은 일이었으므로 용기라고 할 것도 없었다. 직업은 마음에 쏙, 드는데 '직장'이 전혀 마음에 들지 않았다.

아버지가 나를 돈 낳는 기계 박사라고 자랑하신 대로 나는 은행에서 사용하는 현금인출기 프로그래머이다. 사람들이 나를 황금알을 낳는 암탉이라고 부르는 것도 그래서이다. 문제는 밤에 친구들과 놀다가도 또는 잠을 자다가도 어디선가 문제가 생겼다 하면 뛰어나가야 하고, 그래서 업계에서는 현금인출기 119라고 부르기도 하는데, 밤중이나 새벽에 불려 나가더라도 내가 아니면 문제를 해결할 수 없다는 자부심 때문에 얼마든지 인내할 만했다. 그런데 직속 상사인 부장님 때문에 회의가 들기 시작했다. 한밤중에도 부장님이 해야 할 일을 밥 먹듯 떠맡아야 했기 때문이다. 솔직히 말해 한밤중에 잠을 자다가 불려 나가는 걸 유쾌하게 생각할 사람은 거의 없을 것이었다.

"김 대리는 홀몸이잖아. 마누라에 자식 새끼들 딸려 봐. 내 몸 내 마음대로 못 한다니까. 나도 애초에는 김 대리 못지않은 철저한 독신주의자였는데 말이야."

부장님은 애교를 부리면서 이번만 해다오, 라고 사정하기 일쑤였고, 나는 열 번이고 백 번이고 거절하지 못했다. 정말 그럴 때면 당장 결혼해버리고 싶은 생각이 불꽃처럼 타올랐다. 싸가지 없는 부장님이라고 속으로 욕을 하면서도 나는 부장님 부탁을 빠짐없이 들어주게 마련이었다.

그런데 처음엔 애교라도 부리면서 사정을 했지만 나중에는 당연하게 여긴 것이 문제였다. 미안하다는 생각도 깡그리 사라진 모양이었다. 그래서 부장님을 피하는 길은 직장을 옮기는 것이었는데 희귀 직종인 만큼 회사도 흔치가 않았다. 그런 데다 회사끼리 빤히 아는 터라 자칫하면 "김용수 그놈 불성실한 놈이야. 그래서 우리 회사에서 떨려났거든."이라는 가짜 소문이라도 나게 되면 꼼짝없이 불이익을 당할 것이었다. 패기 넘치는 청춘이니, 물불 가리지 않는 청춘이니 하지만 어쩌면 가장 비열해지는 것이 청춘인지도 모를 일이었다. 다만 나의 비루함은 거기까지라고 말할 수 있었다.

7

사표를 부친 다음 나는 며칠을 서성이다가 무엇에 이끌리듯 고향으로 향했다. 나는 서울에서 스타호 전쟁에 전혀 뛰어들지 않았는데도, 그동안 총 한 방 쏘지 않은 채 침묵으로 일관했는데도, 마치 치열한 전투를 치르다 패배한 패잔병처럼 지쳐버린 심신을 이끌고 서울역에서 고속기차를 탔다. 기차는 한강을 통과하고 나자 정교한 코브라의 삼각 머리로 대뜸 허공을 갈랐다. 초등학교부터 서울 생활을 한 탓인지 가슴속이 헛헛했다. 마치 서울을 영영 떠나는 것만 같은 기분이었다. 창밖엔 산들이 다정하게 어깨동무를 하면서 능선을 이었다. 마음껏 펼쳐진 가을 하늘은 세상과는 아무 상관이 없다는 듯, 무정하도록 푸르렀다. 해는 지상을 향해 황금 햇살을 쏟아 내리고, 들에는 열매들이 총총히 익어가고 있었다.

그러나 평화로운 가을 풍경에 잠길 틈도 없이 고속기차는 산과

들을 빠르게 통과해버리고 말았다. 광주역에 내려 집으로 가는 코스……, 시외버스 터미널에서 팽목으로 가는 진도행 시외버스를 탔다. 버스는 예전 같지 않았다. 왁자지껄한 말소리나 웃음소리가 사라지고 없었다. 스타호 사고가 나기 전의 버스는 사람들이 떠드는 소리로 왁자지껄했다. 밭농사, 바다농사를 주업으로 하는 사람들은 농사를 잘 지었느니 못 지었느니, 농협이며 수협에 진 빚을 다 갚았느니 못 갚았느니 하면서 자랑과 하소연이 어우러졌다. 그러다가 누군가가 걸쭉한 농담 한 소절을 쏟아내면 박장대소하는 웃음이 터져 나오기도 했다. 귀가 따가울 지경으로 수다를 떨어도 누구 한 사람 "좀 조용히 합시다."라고 못마땅해하거나 불평하지 않았다. 그런데 사람들은 입을 굳게 다물었고 운전기사는 큰 산이라도 옮기는 것처럼 힘겹게 차를 몰았다.

그렇게 몇 시간을 달려 팽목항에 내렸다. 나는 부두를 향해 걸어가면서 주변을 두리번거렸다. 스타호가 침몰하기 전, 불과 6개월 전과 모든 게 딴판이었다. 사람들의 표정이 돌덩이처럼 굳어 있는가 하면 들판도 쓸쓸하기 짝이 없었다. 슬픔 덩어리로 변해버린 부두는 발자국 소리만 크게 나도 어디선가 우박 같은 눈물이 와르르 쏟아질 것만 같았다. 도둑처럼 조심조심 걸어 바다 가까이 갔다. 바다도 가을이 깊어가고 있었다. 칼칼해진 물갈퀴 사이로 멸치 떼가 뛰어올랐다. 멸치의 은빛 비늘이 햇살과 부딪치곤 했다. 10여 명 어머니들이 초점 잃은 눈으로 그것을 바라보고 있었다.

부두에는 사망자가 들어오는 곳과 생존자가 들어오는 곳이 처음 그대로 있었다. 어머니들이 생존자가 들어오는 곳에 오롯이 앉아 있었다. 아직도 아홉 명이 돌아오지 못한 상태였다. 한 어머니가 바람처럼 급히 오더니 보자기를 풀어 주먹밥을 바다에 던지면서 "은서야, 점심이 늦었지. 엄마가 몸이 아파서 그랬어. 미안해. 그래도 맛있게 먹어줘."라고 했다. 은서 어머니는 지친 목소리로 "어젯밤 꿈에는 거기서도 학원에 다닌다고 하던데, 거기서 학원 다니지 말고 엄마 아빠에게 와줘. 공부 그런 거 하라고 안 할게." 라고 했다. 은서 어머니가 하는 걸 보자 가슴에서 다시 심근경색처럼 톱질하는 통증이 일어났다. 그 지독한 상상이 재발한 것이었다. 나는 거푸 심호흡을 펴내며 가슴을 쓸어내렸다.

때마침 부두를 향해 우리 동거차로 가는 여객선 진명호가 들어오고 있었다. 나는 서둘러 진명호를 타야 한다고 생각하면서도 움직일 생각을 하지 않았다. 어머니들 때문이었다. 몸을 틀어 여객선을 바라보았다. 진명호가 한참 손님 태우기를 하고 있었다. 나는 다시 진명호를 타야 한다고 생각했지만 몸은 여전히 꼼짝하지 않았다. 진명호는 사람 태우기를 마치고 부두와 연결한 발판을 들어 올리고는 뱃고동을 울리며 부두에서 물러나기 시작했다. 그때 은서 어머니가 진명호를 향해 "내일은 꼭 진명호 타고 와야 해. 은서야, 엄마 기다리고 있을게!"라고 소리쳤다. 배가 부두와 멀어지면서 본격적으로 속력을 낼 즈음에야 은서 어머니는 자리에 주저앉아 힘없이 울었다.

나는 은서 어머니를 달래주고 싶었지만 막상 할 말이 없었다. 진명호가 떠나고 나자 어머니들이 일어나 체육관으로 갔다. 나도 어머니들을 따라 체육관으로 갔다. 지난봄 4월과 달리 체육관은 텅 비어 있었다. 널따란 실내가 쥐 죽은 듯이 고요했다. 아직 돌아오지 못한 아이들을 기다리는 부모들과 관계자들만 왔다 갔다 하고 있었다. 드넓은 실내에 펼쳐져 있는 담요들은 그대로 있었다. 담요를 거두어 쥐어짜면 그동안 부모들이 흘려놓은 눈물이 주르륵, 흘러내릴 것만 같았다. 체육관에 설치된 대형 TV에서는 그때와 달리 일반 뉴스만 나오고 있었다.

나는 무슨 일이라도 해야 한다는 생각으로 실내를 살폈지만 이젠 할 일이 없었다. 어머니들에게 도움이 되어줄 일이 전혀 없어 다음 날 오후 1시에 진명호를 탔다. 부둣가에는 어김없이 어머니들이 생존자들이 들어오는 곳에 나와 있었다. 봄이 가고 여름이 가고 가을이 왔는데 아직도 아이들이 살아 돌아오기를 기다리는 것이었다. 어머니들은 무언가를 부탁하고 싶은 간절한 표정으로 배에 오르는 사람들을 바라보았다. 나는 무엇이든지 부탁하라고 말하고 싶었지만 어제처럼 말문이 열리지 않았다. 어머니들에게 아이들을 데려다주지 못한다면 백 마디 말이 필요 없는 일이었다. 진명호가 부두와 멀어지자 은서 어머니가 어제처럼 자리에서 벌떡 일어나 "은서야, 내일은 꼭 진명호 타고 와야 해. 꼭. 여기서 기다리고 있을게."라고 했다.

"저 엄마, 아무래도 실성한 것 같어."

"실성만 할라고."

"저 엄마들, 살아 있는 사람들 아니여."

"아직도 자식들이 살아 돌아올 거라고 믿고 있으니. 참 기가 막힐 일이제."

50대쯤 되어 보이는 여자 승객들이 선미에서 은서 어머니를 바라보며 말을 주고받았다. 은서 어머니는 진명호가 사고 지점인 우리 동거차도를 돌아 나올 때 은서를 태우고 오길 간절히 바라는 것이었다. 배가 부두와 멀어지자 은서 어머니도 점점 멀어졌다. 은서 어머니는 두 팔을 번쩍 들어 올려 허공을 휘저으며 계속 소리쳤다.

"은서야, 내일은 꼭 진명호 타고 와야 해. 꼭!"

새끼를 잃어버린 어미 새가 끼룩끼룩 우는 것처럼 보였다. 내 입에서 내가 지은 슬픈 노래가 흘러나왔다. 음유시인 가수 루시드폴의 〈꽃은 말이 없다〉 연주곡에 맞추어 내가 가사를 지은 것이다.

내 가슴은 꽃밭이 되었나 봐
길을 걸을 때도 잠을 잘 때도

가슴 가득 꽃들이 피어나
눈을 감아도 눈을 떠도
싱그러운 꽃들이 앞다투어 피어나

꽃들이 필 때마다 가슴이 아파
미어지도록 아파
어쩌면 좋아,
해처럼 웃는 얼굴 보이지 않아
신기루처럼 피었다 사라지고 말아
다가갈수록 멀어지는 무지개처럼
까르르 웃으며 달아나고 말아

어쩌면 좋아
견디기 힘들어

오늘은 비가 내려 꽃밭에 비가 내려
나도 모르게 눈물이 흘러내려
눈물 속에 꽃들이 더 환하게 피어나
꽃구름처럼 피었다 사라지고 말아

어쩌면 좋아
찾을 수 없어

솟아오른 아침 해처럼
어디선가 불쑥 나타날 것만 같은데
어디선가 숨 가쁘게 달려올 것만 같은데
소식이 없어
깜깜한 밤처럼 소식이 없어

어쩌면 좋아
꽃들은 말이 없어

멀리 여행을 떠나던 날
배웅조차 해주지 못했어
멍하니 그냥 바라보기만 했어
어쩌면 좋아
가슴이 아파
나도 모르게 눈물이 흘러내려

산이 닳도록 기다려
바다가 마르도록 기다려

노래를 부르고 또 불렀다. 내가 노래를 되풀이하여 부르며 그들을 생각하는 동안 진명호가 동거차에 나를 내려놓고 다음 목적지를 향해 가버렸다. 고향에도 가을 햇살이 빛나고 있었다. 태양은 찬란하지만 마을은 춥고 어두웠다. 미역을 채취한 마을 사람들이 바다에서 올라오면서, 혹시나 했는데 기름 냄새 때문에 다 버려야 할 것 같다며 한숨을 쉬었다. 섬에서는 미역이 1년 농사 중 가장 큰 수입원인데 엉망이 되어버린 것이었다. 양식 미역은 봄철부터 수확하고, 바위에서 저절로 자라나는 돌미역은 한여름부터 9월까지 수확기였다. 바다 한가운데 설치한 미역발은 사고 현장과 가까워 미역 한 올 건져 올리지 못했지만, 돌미역은 사고 현장과 거리가 멀어 덜할까 했는데 마찬가지라며 마을 어른들이 울상을 지었다.

배가 들고나는 선착장 입구 오른쪽 방파제에 삼삼오오 마을 할아버지들이 앉아 있었다. 할아버지들이 멀리 사고 현장에 설치되어 있는 바다 크레인을 바라보며 "물속의 배를 끌어 올릴 때까지 우리가 살아 있을지 몰라?"라고 하며 한숨을 펴냈다.

"안녕하세요."

"너 용수 아니냐?"

"예."

"또 오냐?"

내가 인사를 하자 할아버지들이 의아한 표정으로 물었다. 지난 봄 4월 제사 때 왔는데, 가을에 다시 내려온 탓이었다.

집에 도착하자 예상했던 대로 어머니가 깜짝 놀랐다. "네가 온다고 물속에 있는 배가 떠오를 것도 아닌데. 뭐 하러 왔느냐."고 나무랐다. 나는 비로소 '내가 섬에 와서 뭘 하지?'라는 생각이 들었다. 사실 사표를 내고 나서 처음에는 일본을 거쳐 유럽으로 여행을 갈까 했었다. 내가 힘들어하는 걸 아는 유키오가 다녀가라고 여러 번 말했기 때문이었다. 나는 아이러니하게도 우리나라 친구들보다도 일본인 친구 유키오에게 내 속내를 털어놓곤 했다. 그는 나를 충분히 이해해준 탓이었다. 동일본 대지진 때문이었다. 유키오는 직접 피해자는 아니지만 그때 목격한 충격으로 나처럼 트라우마를 겪은 경험이 있었다.

스타호 참사가 일어나기 3년 전이었다. 2011년 3월 11일에 발생한 9. 0짜리 대지진으로 이와테현 미야코시에 39미터에 이르는 파도가 몰려왔고, 유키오는 미처 대피하지 못한 사람들이 갑자기 들이닥친 파도에 휩쓸리는 걸 목격했다. 그 후 유키오는 쓰나미가 몰려오는 굉음 같은 파도 소리와 사람들이 낙엽처럼 휩쓸려가던 광경이 떠오르면 온몸에서 경련이 일어날 지경이었다고 했다. 또 그날이 금요일 오후 4시경이었던 탓에 지금도 금요일 오후만 되면 불안을 느낀다고 했다. 그런데 나는 유키오의 진심 어린 권유에도 불구하고 일본으로 가지 않았다. 일본뿐만 아니라 여행 자체를 포기했다. 나도 아이들과 거리를 두려는 것 같아서였다. 부장님 앞에서 침묵으로 일관한 내가 결국 아이들로부터 도망치려는 것 같아서 고향으로 직행한 것이었다.

어머니는 내 얼굴을 살피며 집에 내려온 이유를 꼬치꼬치 캐물었다. 나는 "그냥이요."라고 대답했다. 어머니는 그냥이 무슨 뜻이냐며 집요하게 따졌다. 그렇다고 어머니께 직장에 사표를 냈다는 말은 할 수가 없었다. 사표를 냈다고 하면 아들 잘 키웠다는 자부심이 와르르 무너질 것이었다. 비록 사표는 냈지만 나는 황금알을 낳는다는 흔치 않은 직종을 가졌고 그것에 따라 자부심도 갖고 있으므로 어머니의 자부심을 충족시켜주기에 크게 부족함이 없었다. 그래서 부모님께 회사를 그만두었다는 말은 입도 벙긋할 수가 없었다. 한편으로는 농촌으로 귀농하거나 어촌으로 귀어하는 젊은 사람들이 늘어간다는 뉴스를 들을 때면 정말 서울살이를 때려치우고 아버지처럼 바다에서 어부나 할까, 하는 생각이 들었지만 나를 서울시민으로 만들기 위해 지금까지 고생한 어머니를 생각하면 귀농이나 귀어의 '귀' 자도 꺼낼 수 없었다.

아버지와 달리 어머니의 교육열은 '맹모삼천지교'를 무색하게 할 정도였다. 어머니는 초등학교부터 나를 넓은 세상으로 보내야 한다고 우겼고, 그 덕에 나는 초등학교부터 대학까지 서울에서 공부를 할 수 있었다. 섬사람들은 초등학교부터 형편껏 자식을 객지로 유학을 보내는데, 형편 순위는 서른다섯 개 섬이 속한 면 소재지부터 시작하여 진도 읍내, 목포, 광주, 서울 순으로 이어진다. 나는 서울에 고모가 두 분이나 살고 있어 어렵지 않게 서울로 직행할 수 있었다. 그리고 이제는 완벽한 서울시민으로 뿌리를 내렸는데도 어머니는 섬에 자주 내려오는 걸 달갑게 여기지 않았다. 어머니께 휴가라고 둘러댔다.

"휴가를 그렇게 자주 내도 되는 거냐?"

어머니는 걱정스러운 표정을 지으며 고개를 갸웃했다. 나는 어머니와 아버지가 걱정되어 내려왔노라고 다시 해명했다. 거짓말이 아니었다. 스타호 침몰로 우리 부모님뿐만 아니라 마을 사람들 전체가 불면증과 우울증에 시달린 탓이었다. 어머니는 이미 내려온 걸 어쩔 수 없다는 듯, 체념하는 눈치였다. 아버지는 생각보다 몸이 좋지 않았다. 허리가 아프다고 했다. 사고 해역에서 한 달 동안이나 진을 친 후유증이었다.

막상 섬에 내려오자 할 일이 없었다. 어릴 때처럼 산에 올라가 바다를 바라보는 것이 유일한 일과가 되었다. 어머니의 하소연대로 불이 난 산은 험하게 변해 있었다. 산 중턱의 띠풀 군락지인 띠밭재부터 화마의 흔적이 나타나기 시작했다. 갈대과인 띠풀이 불쏘시개가 되어 번져나간 것이었다. 띠밭재는 산을 오르면서 쉬어가는 곳이기도 하고, 여러 방향으로 길이 나누어지면서 소사나무 숲과 동백나무 숲으로 가는 길목이기도 하다. 도시 같으면 교차로인 셈이다. 지난 제사 때만 해도 무릎까지 자란 띠가 찰랑찰랑 물결치던 것이 눈에 선했다. 7, 8월이면 띠를 베어 띠자리를 치거나 미역과 김을 말리는 미역발, 김발을 치는 소중한 자산이 몽땅 사라져버리고 없었다. 물론 요즘은 대부분 미역과 김을 말리는 데 플라스틱 틀을 사용하지만 우리 동거차에서는 질 좋은 천연을 보존하기 위해 띠풀로 엮은 걸 고집하는 탓에, 띠풀은 하늘이 준 재산이었다.

소사나무와 동백나무가 모여 있는 숲은 더했다. 불이 나무들을 모두 태워버린 탓에 새까만 유령의 숲으로 변해 있었다. 타다 남은 시커먼 나무들이 흉물스러웠다. 초토화된 전쟁터를 보는 것만 같았다. 동백숲의 터줏대감 동박새도 어디로 갔는지 울음소리조차 들리지 않았다. 하늘 높이 기개 충천하게 가지를 뻗쳐놓고 쏴아, 쏴아, 바람 타는 소리를 내던 우람한 소사나무들이 시커먼 귀신 나무처럼 둥치만 남아 있었다. 소사나무는 특별한 나무였다. 아직도 우리 섬에서는 소사나무를 아버지나무라고 부른다. 자식을 지켜주는 아버지처럼 해풍을 막아주는 역할을 할 뿐만 아니라, 소사나무 회초리는 자식을 가르칠 때, 가느다란 가지가 종아리를 찰싹 스치면 붉은 선을 그으면서 정신이 번쩍 들게 한 탓이다.

나는 어려서부터 숲을 좋아했다. 사실 우리 동거차 같은 작은 섬에서 아이들이 갈 데라곤 숲밖에 없는 탓이기도 했다. 울창하게 어우러진 동백 숲은 차일을 친 것처럼 하늘이 보이지 않았다. 고개를 젖히고 올려다보면 빽빽한 나뭇잎 사이사이로 파란 하늘이 별 무늬처럼 보이면서 그곳으로 금빛 햇살이 눈부시게 빛났다. 그리고 우리 섬 텃새인 동박새가 동백나무에 앉아 사시사철 동박, 동박, 울었다. 그렇게 새소리를 들으며 숲에서 놀다가 산 정상으로 올라가 바다를 바라보았다. 산 정상이라야 해발 138미터에 불과하지만, 그러니까 도시의 5층짜리 아파트 높이 정도이지만 산 정상에서 끝없는 바다를 바라보며 미래를 꿈꿨다. 장치 무엇이 된다는 꿈이 아니라 절대로 섬에서 살지 않을 거라는 다짐이었다.

나는 정말 바다를 넘고 싶었다. 어머니가 각인시켜준 세뇌 교육이었다. 어머니는 '사람은 나면 서울로 보내야 한다'고 말하기보다 '사람은 절대 섬에서 살아서는 안 된다'고 가르쳤다. 배가 풍랑에 뒤집혀 사람들이 죽거나 죽을 고비를 넘기고 겨우 살아올 때마다 "용수야, 바늘 장사를 해 먹고 살아도 서울로 가야 한다. 너희들은 무슨 수를 써서라도 섬을 벗어나야 해."라는 말을 반복했다. 그것은 나에 대한 당부이기 전에 어머니의 다짐이었다.

섬에서는 돌풍이 불면 저승사자가 섬을 돌아다닌다고 믿었다. 돌풍은 소리 소문도 없이 들이닥쳐 사람의 목숨을 순식간에 앗아가 버린 탓이었다. 그렇더라도 섬사람들은 함부로 돌풍이나 바다를 원망하거나 저항하지 못했다. 원망과 저항이라니, 그건 바다에 대한 불순한 생각이었다. 섬사람들에게 바다는 하늘이었다. 그런데 어머니는 저항하기를 서슴지 않았다. 자식을 절대로 섬에서 살게 하지 않을 것이라는 다짐은 바다에 대한 완강한 저항이었고, 섬사람들 식으로 생각하자면 벌을 받을지도 모른 위험한 생각이었다. 결국 어머니는 꿈을 이루었고 성취감과 자부심을 갖고 있다. 나는 당당한 서울시민으로 해마다 서울시에 주민세와 의료보험료를 내기 때문이다.

어려서 바다를 바라보며 미래를 생각했던 것처럼 바다를 바라보았다. 산 정상에서는 사고 지점이 더 잘 보였다. 마치 바닷물이라도 모조리 끌어낼 것처럼 위엄스럽게 뻗쳐 있는 크레인이 맨 먼저 눈앞에 펼쳐졌다. 방파제에서 할아버지들이 바다 크레인을 보고 한숨을 지었듯이 별 할 일 없이 서 있는 크레인을 보자 나도 한숨이 터져 나왔다. 어려서 바다를 바라보며 바다를 넘겠다는 꿈을 꿨는데 이제 내 눈앞에는 꿈을 이루지 못한 채 떠나버린 수백 명 아이들이 수장된 바다가 있었다.

그곳에서 신기루가 나타나듯 아이들이 보였다. 아이들은 앞다투어 꽃처럼 피어났다. 꽃들은 나를 향해 손을 흔들며 까르르 웃기도 하고 좋아하는 연예인에게 함성을 지르듯 뭐라고 소리치기도 했다. 내 눈에서는 나도 모르게 눈물이 흘러내렸다. 꽃들은 자꾸 피어났다. 꽃구름처럼 피어났다. 그러다가 내가 눈물을 닦는 동안 꽃들은 어디론가 거짓말처럼 사라져버리고 말았다. 나는 다시 아이들을 찾아 바다를 헤매고, 아이들은 다시 내 눈앞에 화들짝 피어났다가는 또다시 사라져버리는 것이었다. 아이들은 어딘가에 숨어 숨바꼭질을 하는 것 같았다. 나는 날마다 산에 올라 술래가 되었지만 아이들을 찾지 못한 채 산을 내려와야 했다. 그럴 때마다 내 입에서 나도 모르게 슬픈 노래가 흘러나왔다.

나는 그렇게 산에 올라 바다를 바라보면서 막연하게 하루하루를 보내고 있었다. 그런데 어느 날 우리 집으로 문중 어른들이 모였다. 당연히 숙부도 있었다. 숙부는 반쯤 얼이 빠진 상태로 나를 바라보았다. 곧 눈물이 흐를 것만 같은 눈으로 "용수야, 네가 왜 다시 왔는지 나는 안다. 네 속, 내가 다 알아."라고 하며 내 손목을 덥석 잡았다. 나는 순간 숙부의 눈에서 주체할 수 없는 허무의 늪을 발견했다. 거기에 자칫 발을 디뎠다가는 깊은 늪 속으로 빠져들고 말 것 같았다. 숙부는 그날 사고 현장에서 3층 유리창을 치면서 구조를 요청한 사람들을 구하지 못한 것을 자책한 탓이었다.

"작은아버지, 괜찮은 거죠?"

나는 시치미를 떼며 차분한 목소리로 말했다. 그때 어머니가 눈을 찔끔했다. 아무 말도 하지 말라는 사인이었다. 그러면서 내 귀에 대고 "한 번 울음보가 터지면 감당 못 한다."라고 했다. 나는 숙부의 울음보를 건드리지 않으려고 조심하면서 표정 관리를 하느라 신경을 썼다. 어머니는 문중 어른들을 위해 정성껏 저녁상을 마련했다. 우리 순창 김씨 문중은 우리 동거차의 중심인 탓에 문중 어른들이 모인다는 것은 곧 마을의 중대사를 의미했다.

"심 씨가 고맙기 짝이 없지요."

아버지가 먼저 어른들을 향해 말을 시작했다.

"고맙고 말고 그 사람이 아니면 엄두도 못 낼 일이니."

"돈을 주고도 구하기 어려운 사람인데 하늘이 도운 것이여."

"어쨌든 이해가 가기 전에 큰일을 하게 되었으니 천만다행이구만."

저녁을 먹으면서 아버지와 문중 어른들이 나눈 이야기였다. 물어보지 않아도 짐작이 갔다. 큰일을 할 모양이었다. 옛날부터 우리 동거차 바다는 사고가 많고, 사고가 날 때마다 우리 앞마당이나 다름없는 바다에 망자들을 그대로 둘 수 없어 혼을 달래주는 혼굿을 하는 풍습이 있고 그것을 큰일이라고 불렀다.

"큰일을 하게요?"

나는 짐작을 하면서도 아버지에게 물었다.

"이번 일은 다른 때와 달라 엄두를 내지 못하고 있었는데 심 씨가 자진해서 나서준 것이다. 세상이 억울하게 목숨 잃은 망자들을 두 번 세 번 죽인다면서 그 사람이 땅을 치지 뭐냐."

심 씨는 진도 읍내에서 대물림으로 내려온 유명한 박수무당이다. 그는 비록 무당이지만 정의감이 강해 억울한 일을 보면 가만히 있지 못하는 성미이고, 큰일을 해서 번 돈도 힘들게 사는 사람들에게 나누어주는 것으로 유명했다.

"마을에서 모두 서둘러 큰일을 해야 한다고 독촉이다. 네 숙부도 문제고."

숙부의 플래시백은 나보다 더 심각했다. 아버지와 어머니는 전화로 숙부 이야기를 자세히 말해주지 않았지만, 그날 이후부터 아이들이 유리창을 치며 살려달라고 소리치던 모습이 떠올라 술로 날밤을 새우다 못해 물속에서 사람 머리만 한 돌을 건져낸다고 했다. 섬사람들은 화는 겹쳐서 온다는 속설에 대한 두려움을 갖고 있었다. 더욱이 순창 김씨 집성촌이나 다름없는 마을에서 우리 가문은 마을 사람들의 중심이 되어주고 있는데 만약 숙부가 방황하다 잘못되기라도 한다면 마을 전체가 또다시 큰 상처를 입을 것이었다.

8

박수무당 심 씨는 그렇게 자진해서 큰일을 맡아주었고, 나는 뜻밖에 망자들의 이름을 쓰는 일을 맡게 되었다. 공교롭게도 내가 고향으로 내려온 이유가 이것인가 싶었다. 무당 심 씨의 움직임이 빨라졌다. 심 씨는 제자들과 함께 망자들의 숫자에 맞추어 종이옷과 종이꽃, 종이배를 각각 304개씩 만들었다. 마을 사람들은 방파제에 큰일을 할 시설을 만들었다. 304명의 옷을 걸 자리며 종이꽃과 종이배 304개를 진열할 자리를 마련한다는 것은 쉬운 일이 아니었다. 옷은 일렬로 열 사람씩 세워도 30줄 이상을 만들어야 했다. 마을 어른들이 고민 끝에 김을 말리는 덕장을 세우기로 했다. 튼튼한 장대를 줄지어 박아놓고 작은 나무로 장대를 연결하여 엮은 다음 공간을 띠자리로 덮어 나갔다. 긴 벽이 만들어졌다.

나도 망자들 이름 쓰기를 더 이상 미룰 수가 없었다. 마음을 다

잡고 304명의 영혼들과 만날 준비를 했다. 여전히 심 씨가 나를 주시하고 있었다. 다시 종이를 펼쳐놓고 붓을 잡았다. 심 씨는 나를 노려보듯 응시하면서 또다시 "손으로 쓰는 게 아니네."라고 했다. 심 씨가 부탁하지 않더라도 나는 손이 아닌 마음으로 망자들 이름을 쓰려고 했다.

"참말로 이 많은 아이들이 다 죽었단 말이여!"

옆에서 어른들이 빼곡한 사망자 명단을 바라보며 혀를 끌끌 찼다. 가나다순으로 명단이 짜여 있어 첫 줄에서 김동연을 만났다.

"나 살고 싶은데, 나 할 일이 많은데……."

동연이가 마지막으로 부르고 간 노래가 다시 가슴을 쳤다.

"배는 85도, 내 머릿속은 100도……."

내 머리와 가슴도 100도로 끓어올랐다. 내가 힘들어하자 심 씨가 곁으로 와 아무 말 없이 등을 다독여주고 갔다. 이상하게도 심 씨가 몸을 만져주고 가자 마음이 안정이 되었다.

비로소 304명 이름을 써 내려가기 시작했다. 무당 심 씨와 보조 무당들은 종이옷을 덕장에 고정시켰다. 옷마다 가나다순으로 이름을 달았다. 304명의 종이옷과 이름이 붙은 덕장이 하얗게 변했다. 종이옷 앞에는 제단이 줄지어 차려졌다. 제단 위에는 오색으로 접은 종이꽃 304송이와 종이배 304척을 진열했다. 그리고 제단 앞에는 숙부가 물속에서 건져낸 304개 돌을 놓았다.

큰일을 한다는 소문을 듣고 주변 섬들에서 아이 어른 할 것 없이 사람들이 건너오기 시작했다. 돌고래호 선장도 왔다. 성이 강 씨인 돌고래호 선장은 그동안 아버지와 숙부와 자주 왕래가 있었다. 강 선장은 우리 섬에서 배로 30분쯤 가면 닿을 수 있는 가까운 섬에 살고 있었다. 강 선장도 하루하루를 술로 견디는 탓에 몸이 말이 아니었다. 축 늘어진 몸은 삶에 대한 의욕이 깡그리 사라져버린 것처럼 보였다. 숙부가 그를 부축해 앉혔다. 동병상련이었다. 두 사람은 서로 말이 없었지만 많은 말을 하고 있었다. 강 선장은 눈을 감은 채 앉아 숙부 어깨에 지긋이 기댔다. 숙부가 그를 감싸 안았다. 그럴 땐 숙부가 조금 나아 보이기도 했다.

이제 올 만한 사람은 거의 다 온 것 같았다. 보조 무당들이 단체로 제단 앞으로 나가 징을 울리기 시작했다. 철없는 마을 아이들은 마치 축제라도 벌어진 것처럼 하얀 종이옷을 입힌 덕장을 신나게 돌았다. 종이옷과 종이꽃이 바람을 타는 모양이 꼭 아이들이 모여 장난을 치며 노는 것 같았다. 아이들은 더욱 즐거워했다.

"아이들이 노는 걸 보니, 망자 아이들 어릴 때를 보는 것 같지 뭔가."

"참말로 그렇구만."

마을 어른들이 신나게 노는 아이들을 바라보며 말을 주고받았다. 징 소리는 갈수록 더 크게 섬을 울렸다. 심 씨는 보조 무당들을 지휘하면서 해가 질 때까지 그런 분위기를 유지했다.

드디어 해가 졌다. 섬은 해가 바닷물 속으로 사라지자마자 곧장 어두워졌다. 그때부터 본격적인 큰일이 시작되었다. 일의 초장으로 망자를 접견하는 의식이 거행되었다. 심 씨가 모든 의식을 집례하고 보조 무당들이 그 뒤로 줄을 지어 앉았다. 심 씨는 지전을 흔들며 춤을 추고 10여 명의 보조 무당들은 징을 울렸다. 치렁치렁한 지전이 바람을 타며 파도처럼 퍼졌다. 마을 사람들은 두 손을 비비며 열심히 절을 했다.

심 씨가 춤추기를 그치고 사설을 시작했다. 사설은 바다 신에게 드리는 일종의 인사말로 큰일의 서론이었다. 사람들이 알아들을 수 없는 주문에 이어 우리 바다에 있는 수많은 섬들을 언급하며 감사를 드렸다. 그런 다음 섬들을 지켜달라는 소원을 빌었다. 빌기가 끝나자 본격적으로 망자들의 이름을 한 사람씩 부르기 시작했다. 심 씨는 그렇게 304명을 만나면서 자정이 가까워졌을 때에야 접견을 마쳤다. 접견을 마친 심 씨가 시계를 봤다. 나도 시계를 봤다. 밤 11시 50분이었다. 심 씨는 자리에 앉아 잠시 휴식을 취한 듯하더니 다시 시계를 봤다. 12시 5분이었다. 심 씨는 자리에서 일어나 제단 앞으로 갔다. 제단을 향해 정중히 절을 한 다음 큰 소리로 두 사람을 호명했다.

"정현숙, 김기섭, 나오시게. 내가 두 사람을 짝지어줄 것이요."

그들은 결혼을 한 달 앞두고 목숨을 잃은 커플이었다. 심 씨는 영혼결혼식을 거행하기 시작했다. 덕장에서 정현숙 이름이 붙은

옷과 김기섭이라는 이름이 붙은 옷을 내려 제단 위에 나란히 펼쳤다. 종이꽃을 여자 머리 위에 씌우고 여자 팔을 남자 팔에 걸어주었다. 그리고 두 사람만의 공간을 따로 만들어 잠재우며 나지막하게 주문을 외웠다. 징을 울리는 무당들도 징 소리를 가늘게 낮추었다. 옆에는 촛불이 타고 있었다. 촛불이 꺼질 때까지 징 소리가 그치지 않았다. 촛불이 꺼져야 신혼 밤을 자는 거라고 마을 사람들이 속삭였다. 촛불이 좀처럼 꺼지지 않았다.

"천생연분 인연이니 이제 눈물을 거두고 어서 합방을 하시게."

심 씨가 달랬다. 그래도 촛불이 꺼지지 않자 심 씨가 마을 사람들에게 도움을 청했다. 마을 사람들 가운데 고령인 할머니 두 분이 일어나 촛불 앞으로 나가 심 씨처럼 빌었다.

"천생연분 신랑 신부는, 어서 합방을 하시게."

"이 세상에서 못다 한 인연 저세상에서라도 하나가 되시게."

"원통하고 억울한 마음, 이제 다 풀고 두 손 꼭 잡고 나오시게."

어른들이 돌아가면서 달랬다. 그쯤에서 촛불이 꺼지고 징 소리도 더 낮게 숨을 죽였다.

영혼결혼식이 끝나자 심 씨는 무당들을 데리고 물 가까이 내려가 망자들의 혼을 건져 올리는 혼 건지기 의식을 시작했다. 망자의 혼을 건져 올린다는 것은 망자의 영혼을 춥고 무서운 바다에 떠돌게 놔둘 수 없어서였다. 뚜껑이 달린 밥그릇에 쌀을 채우고 뚜껑을 닫고 보자기로 꽁꽁 묶어 싼 다음 긴 광목 띠에 매달아 바다에 던졌다가 건져 올리는 일이었다. 혼을 건져 올리는 일은 쉬운 일이 아니었다. 먼저 304개 종이배를 바다에 띄웠다. 혼이 종이배를 타고 돌아오라는 의미였다. 까만 바다에 하얀 종이배 304척이 떴다. 종이배는 물결을 타며 까딱거리고, 보조 무당 열 명이 몸에 밥그릇을 싼 광목 띠를 두르고 바다를 향해 나란히 서서 심 씨의 신호를 기다렸다. 심 씨는 직접 징을 힘차게 울리며 주문을 외우다가 왼쪽 팔을 들어 올려 띠를 풀라는 신호를 했다. 보조 무당들이 징 소리에 맞추어 바다를 향해 빙글빙글 몸을 돌리며 띠를 풀어 나갔다. 그렇게 해서 띠가 다 풀리자 밥그릇이 달린 부분을 바다에 던져 넣었다. 밥그릇은 띠가 팽팽하게 당겨질 때까지 바다 깊이 들어가 잠겼다. 그 위로 종이배들이 물결을 탔다.

심 씨는 다시 망자들의 이름을 부르며 주문을 외웠다. 밥그릇 숫자만큼 한 번에 열 명씩 이름을 불렀다. 보조 무당들은 심 씨가 이름을 부를 때마다 물에 잠긴 띠를 잡고 부디 혼이 올라와 달라고 빌며 절을 했다. 마을 사람들도 바다를 향해 두 손을 모아 비비며 한 사람도 빠짐없이 혼이 올라와주기를 빌었다. 심 씨는 주문을 외우다가 혼이 올라온다는 걸 직감하는 순간 광목 띠를 끌어올릴 것을 지시했다. 보조 무당들은 띠를 바다에서 끌어 올릴 때도 몸으로 감아올렸다. 물 위로 올라온 밥그릇을 싼 보자기는 심 씨가 하나씩 하나씩, 직접 풀었다. 심 씨는 쌀을 살피며 만족한 미소를 지었다. 그런 식으로 혼 건지기는 서른 번 이상 되풀이하여 새벽 4시에야 끝이 났다. 망자들의 혼이 모두 올라와 주었다며 심 씨가 기뻐했다.

드디어 일은 결말인 대(竹)잡기로 이어졌다. 대를 잡은 사람을 통해 망자의 말을 직접 듣는 의식이었다. 나는 어려서부터 큰일을 봐왔던 터라 대잡이의 성격을 잘 알고 있었다. 제단 앞에 쌀 항아리가 놓여 있고 거기에 대가 꽂혀 있었다. 대는 무당이 잡는 게 아니었다. 주로 망자의 가족이나 친척이 잡아야 하는데 사정이 그렇지 못한 탓에 마을 사람 중에서 골라야 했다. 심 씨는 마을 사람들을 둘러보며 자진해서 나오든지 누굴 추천해달라고 부탁했다. 사람들이 웅성거렸다. 큰일도 큰일 나름이었다. 이번 큰일은 이전과 다르다는 걸 모두 잘 알고 있었다. 좀처럼 나서는 사람이 없었다. 심 씨가 사람들을 둘러봤다. 대를 잡을 사람으로 자기 마음에 드는 사람이 나와주길 바라는 눈치였다.

결국 마을 사람들이 우리 숙부를 지명했다. 사고로 인해 우리 마을에서 가장 힘들어한 사람이 숙부인 탓이었다. 숙부 옆에 돌고래호 강 선장이 앉아 있었지만 그분은 다른 지역 사람인 탓에 사람들이 추천할 생각을 하지 않았다. 그런데 심 씨가 별로 탐탁지 않은 표정으로 숙부를 바라보았다. 대잡이는 정신이 맑아야 하고 심신이 건강할수록 성과가 좋기 때문이었다. 그래도 어쩔 수 없다는 듯이 심 씨는 숙부에게 대를 잡으라고 지시했다. 숙부는 눈을 지그시 감은 채 대를 잡았다. 심 씨가 주문을 외우면서 망자를 불러내기 시작했다.

마을 사람들이 모두 긴장했다. 나도 마찬가지였다. 망자들은 대잡이를 통해 하고 싶은 말을 마음껏 토해내기 때문이었다. 때로는 숨어 있는 비밀이 드러날 때도 있었다. 그런데 심 씨가 망자들의 이름을 되풀이해 불렀지만 좀처럼 숙부에게 대가 내리지 않았다. 대잡이와 망자의 접선이 이루어지지 않는 탓이었다. 대가 사시나무 떨듯 흔들려야 하는데 고요했다. 심 씨가 숙부를 지전으로 치면서 어서 입을 열라고 명령했지만 숙부는 묵묵부답이었다. 그러다가 목을 쥐고 주저앉고 말았다. 답답해진 심 씨가 말을 유도하기 위해 "지금 어디에 있느냐? 아직도 배 안에 갇혀 있느냐?"라고 물었다. 그러자 숙부는 "억, 억," 하는 외마디 소리를 지르며 대를 놓고 말았다. 심 씨가 고개를 갸웃거리며 실패했다는 표정을 지었다. 심 씨는 다시 대 잡을 사람을 찾기 시작했다. 침묵이 흘렀다. 고요하게 침묵을 지키던 마을 사람들이 이번에는 하는 수 없다는 듯이 강 선장을 지명했다. 내가 생각해도 강 선장 외엔 대를 잡을 만한 사람이 없었다.

"다른 동네 사람이나마나 처음부터 강 선장이 잡아야 했다니께."

"맞구만, 우리 동네 사람이 아니면 어때서."

심 씨가 강 선장을 불러냈다.

"강 선장은 어서 나오시오."

강 선장은 몸을 무겁게 일으켜 조금 휘청이는 걸음으로 심 씨 곁으로 다가갔다. 그런데 강 선장이 곁에 다가서자마자 심 씨가 얼굴을 찡그리며 지전으로 강 선장을 휙 내리치면서 "독술 냄새를 풍기면서 어찌 영혼들을 만날 수 있단 말인가."라고 했다. 강 선장도 탈락되고 말았다.

심 씨는 다시 사람을 찾기 시작했다. 그런데 심 씨가 사람들을 주욱 둘러보더니 느닷없이 나를 향해 "자네"라고 했다. 모두 나를 향해 시선이 집중되었다. 나는 당혹감을 감추지 못한 채 멍한 상태로 앉아 있고, 어머니가 "우리 용수를 왜!"라고 소리쳤다. 마을 사람들도 손을 저으며 그건 안 될 말이라고 했다.

"용수는 안 되고말고."

"암은, 대학까지 나온 사람이 대를 잡다니."

"어디 그뿐인가. 용수는 어려서부터 서울에서 커서 서울 사람이여."

마을 사람들이 이구동성으로 대잡기는 나에게 어울리지 않는 일이라고 입을 모았다.

어머니뿐만 아니라 마을 사람들까지 안 된다고 했지만 심 씨는 아랑곳하지 않은 채 내 앞에 우뚝 서서 나를 쏘아봤다. 나는 심 씨의 눈을 피할 수가 없었다. 대낮에 해를 쳐다볼 수 없는 것처럼 그의 눈에서 나오는 강력한 빛이 가슴속 깊숙이 쳐들어와 심장을 찌르는 것처럼 압박을 가했다. 나는 부지불식간에 마치 군 복무 때

윗사람의 명령에 따르듯 자리에서 벌떡 일어났다. 그리고 무엇에 이끌리듯 성큼성큼 항아리 앞으로 걸어갔다. 심 씨가 나를 조종하는 조종사 같았다.

어머니가 쫓아 나와 나를 붙잡았다. 심 씨가 말없이 어머니의 손을 떼어냈다. 나는 대나무를 응시하며 섰다. 높이가 50센티쯤 되는 대나무가 바람을 타고 있었다.

"대를 뽑아 들게!"

심 씨가 명령했다.

"하고많은 사람 중에 왜 하필이면 우리 용수란 말이여."

어머니가 다시 가로막았다. 어머니는 가로막아 서면서도 감히 심 씨에게는 대들지 못했다.

"어서 대를 들게나!"

심 씨가 다시 명령했다. 나는 막상 대를 뽑지 못한 채 망설였다. 내가 과연 무엇인가를 해낼 수 있을까? 하는 의구심 때문이었다. 나는 그런 태도로 사람들이 모여 있는 곳을 둘러봤다. 그때 아버지와 눈이 마주쳤다. 아버지가 나를 향해 고개를 끄떡였다. 심 씨의 말에 응해주라는 사인이었다. 숙부가 나를 향해 고개를 끄떡였다. 나는 전쟁터에 나간 병사처럼 비장한 각오로 두 손을 모아 대나무를 뽑아 들었다.

"우리 용수가 대를 잡다니, 이게 무슨 일이란가!"

어머니는 필사적으로 막았지만 결국 체념하고 말았다. 나는 어머니의 심정을 백번 이해할 수 있었다. 나를 섬이 아닌 대한민국 최고의 도시인으로 만들고 싶어 했던 어머니의 바람을 천 번 이해하고도 남았다. 그러면서도 어머니의 뜻에 따르지 않은 것은 어떤 모양으로든 그들을 만나고 싶은 간절함 때문이었다.

마치 스탠바이를 외치듯 심 씨가 큰 소리로 나에게 사인을 보낸 다음 주문을 외우기 시작했다. 나는 대나무를 두 손으로 힘주어 쥔 채 눈을 감았다. 내 등 뒤에서는 보조 무당들이 징을 울렸다. 징은 고요하게 울기도 하고 징의 중심인 봉뎅이가 금이 갈 지경으로 크게 울기도 했다. 댓잎이 징 소리를 타면서 저희들끼리 서걱서걱 몸을 비볐다. 징 소리, 댓잎 소리, 심 씨의 주문 소리가 한데 어우러진 가운데 종이에 쓴 망자들 이름이 내 머릿속으로 지나가기 시작했다. 내가 어렵게 쓴 이름들이 차례로 지나갈 무렵, 나는 점점 어떤 세계로 빠져들기 시작했다.

바다가 끝없이 펼쳐졌다. 아버지와 함께 꽃게잡이를 나갔던 그날처럼 바다에 하얀 여객선이 지나가고 있었다. 정말 하얀 여객선이 꿈처럼 바다를 항해하면서 내 앞에 멈췄다. 나는 지금까지 단 한 번도 타보지 못한 대형 여객선이라고 감탄하며 내부로 성큼성큼 걸어 들어갔다. 때마침 아침식사 시간이었다. 3층 중앙에 대형 식당이 있었다. 3층 갑판은 아침을 먹는 사람들과 식사를 마친 사람들로 붐볐다. 식사를 마친 승객들과 뒤늦게 식사를 하기 위해 내려오는 사람들이 실내 계단을 오르락내리락했다. 한 떼가 올라가면 한 떼가 내려왔다.

아침을 먹고 4층으로 올라가던 여학생들이 갑판에서 걸음을 멈추었다. 잔뜩 들뜬 표정으로 바다를 바라보며 제주도에 도착하여 반별로 대결할 공연에 대한 걱정을 하고 있었다.

"이제 두 시간만 더 가면 제주도에 도착할 건데. 걱정이야."

"그동안 연습 많이 했잖아. 보나마나 우리 반이 이길 거야."

"그래도 떨려."

"그건 나도 마찬가지야. 혹시 나 때문에 우리 반 망치는 건 아닌가, 하는 걱정."

"나도."

"나도."

"야, 떨 거 없어. 수능시험도 아닌데 뭘."

"맞아, 예수님께서도 오늘 걱정은 오늘로 족하다고 했어. 그 일은 그때 가서 걱정하기로 하고 지금은 바다나 구경하자구."

한 아이가 친구들의 걱정을 일소시켜버렸다. 그러자 모두 해처럼 웃으며 바다 이야기를 하기 시작했다.

"바다는 참 신비롭지?"

"난 그리스 신화가 떠올라. 포세이돈이 삼지창을 들고 불쑥 솟아오를 것만 같은."

"바다 어디선가 지나가는 선원들을 유혹한다는 세이렌이 나타날 것도 같아."

"그래, 엄청난 미모를 자랑하면서 아름다운 목소리로 노래를 불렀다는 여신들을 상상해봐."

"야, 여긴 그리스 바다가 아니라 우리나라 대한민국 바다라구. 그런 게 어딨어."

"참, 우리 바다에는 심청전이 있지. 아무튼 바다는 원래 낭만이 잖아."

"맞아, 바다는 낭만 그 자체야."

"무섭기도 하지. 물속을 상상해봐, 얼마나 무서운지."

"물속까지 왜 상상해. 재미있는 거만 생각하자구."

"사실 무섭잖아. 물속에서는 숨을 쉴 수가 없으니까."

"야야, 그만해. 정말, 무서워지려고 한단 말이야."

바다를 바라보며 한참 동안 수다를 떨던 아이들은 객실로 돌아가기 위해 다시 걸음을 옮겼다.

그때 갑자기 여객선이 급회전했다. 배가 180도로 돈 것이었다. 심한 롤링(배가 양옆으로 흔들리는 것)이 일어났다. 비칭(배가 앞뒤로 흔들리는 것)도 일어났다. 롤링과 비칭이 이어지자 객실로 향하던 아이들이 "엄마!" 하고 비명을 지르며 갑판에 주저앉았다. 중심을 잡지 못한 아이들이 주저앉은 채 벌벌 떠는 순간 배 내부에서 꽝! 쿵! 와르르! 하는 굉음이 울렸다. 배에 실린 차량들과 화물과 집기들이 쏟아지는 소리일 것이었다. 그런 굉음과 함께 배가 좌측으로 기울었다.

배는 보통 한쪽으로 기울어졌다가도 곧 원위치로 복원되도록 되어 있음에도 복원되지 않았다. 기관도 꺼져버렸다. 심장이 멎어버린 것처럼 배가 조용해지면서 꼼짝하지 않았다. 배는 한겨울 하얀 눈 속에 처박힌 것처럼 비스듬히 누웠다. 배 밑부분 3분의 1쯤이 물 밖으로 보였다. 사람들이 갑판으로 나와 웅성거렸다. '모두 객실로 들어가 기다려달라' 하는 방송이 나왔다. 갑판에 주저앉아 떨던 아이들이, 조금 전에 물속의 무서움을 이야기하면서 몸서리를 치던 아이들이 엉금엉금 기면서 4층 객실로 간신히 돌아갔다. 웅성거리던 사람들도 서둘러 각자 객실로 돌아갔다. 다시 방송이 나왔다. 모두 구명조끼를 착용하고 객실에서 움직이지 말라고 당부했다. 시퍼런 바다 위에 떠 있는 사람들은 말을 잘 들었다. 말을 듣지 않고 더러 객실 밖으로 나와 여기저기를 기웃거리는 사람들도 있었다. 그들은 모두 일반인들이었다.

3층 객실에서 한 학생이 119로 전화를 했다. 학생들이 저마다 휴대폰을 들고 가족들에게 전화를 걸거나 문자로 상황을 알리느라 야단이었다. 아이들은 불안해하면서도 앞으로 일어날 일을 상상조차 하지 못한 채 나중에 가족들과 친구들에게 보여줄 동영상을 찍느라 바빴다.

"야, 우리 뉴스에 나오는 거 아니니?"

"정말 괜찮은 걸까?"

"걱정 마. 이 배가 우리나라에서 제일 큰 여객선이라잖아."

"우와! 막 미끄러진다. 잡아, 잡아."

"타이타닉호 생각난다."

"맞아. 나도 그래."

"야, 거긴 빙산이 있는 바다였다구."

"여긴 우리나라야, 따뜻한 남쪽 나라 대한민국 바다."

"아무튼 동영상 찍어두자. 우리가 얼마나 무서운 일을 겪었는지 수학여행 갔다 와서 아이들에게 보여주게."

"이 다음에 보면, 세상에 이런 일도 있었나! 할 거야."

"그래, 찍어둘 필요가 있어. 지금 나 막 미끄러진 것 봐. 이건 정말 역사에 남을 일이라구."

"역사도 엄청난 역사가 되지 않을까?"

"그럴 거야, 아마."

"근데 배가 점점 이상해지지 않아?"

"맞아, 이상해, 자꾸 이상해져."

"장차 대한민국을 이끌어갈 인재들을 태운 배가 지금 바다 한가운데서 무슨 짓을 하고 있는 거냐구. 정말 울화통 터진다."

"그러니까 이걸 찍어서 남겨야 한다구. 그때 우릴 태운 배는 미친 배였다는 걸 말해야 한다구."

"이 다음에 우리 중에 누군가 유명해지면 TV에 나가 꼭 이 말하기."

"맞아, 꼭 그래야 해."

"타이타닉호처럼 영화로 만들어질지도 몰라."

"영화로 보면 모두 놀랄 거야."

"우리가 얼마나 무서웠는지도 알 거야."

아이들은 경사진 객실에서 이리저리 미끄러지면서도 큰 배를 믿고 있었다.

그런데 차츰 상황이 나빠져가는 걸 안 아이들이 공포에 떨기 시작했다. 공포에 떨면서도 아이들은 계속 휴대폰으로 동영상을 찍기에 바빴다. 마치 휴대폰이 의지할 수 있는 유일한 힘인 것처럼 손에서 휴대폰을 놓지 않았다. 한 아이가 휴대폰에서 뉴스를 발견하며 놀랐다.

"이거 봐, YTN 속보야. 우리가 탄 배잖아? 벌써 뉴스에 잡혔어!"

"어머, 정말이야?"

"정말 무슨 일 나는 거 아냐?"

"이러다 우리 죽는 거 아닐까?"

"어떡해, 우리 어떡하냐구!"

뉴스에는 배가 넘어져 침몰 중이라고 했다. 정말 도둑처럼 물이 차오르기 시작했다. 끄륵, 끄르륵, 쏴아, 하면서 배 내부로 물이 차오르는 소리가 들렸다. 물거품도 푸르르, 푸르르, 피어올랐다. 어떤 곳에서는 고래 숨구멍처럼 물줄기가 길게 솟구쳐 오르기도 했다. 물이 배 내부에 있는 공기를 잡아먹는 상황이었다.

다른 객실에서도 아이들이 떨었다. 객실이 칸칸이 나뉘어 있고 객실마다 대여섯 명 혹은 일고여덟 명이 있었다.

"근데 왜 배를 타고 수학여행을 가라고 한 거야."

"나라에서 그렇게 하라고 했대."

"비행기도 있는데 왜 하필 배냐구."

"어, 미끄러진다. 아, 미치겠다."

"내 옆으로 올 수 있겠어?"

"못 움직이겠어. 너무 무서워."

아이들은 배를 타고 수학여행을 가게 한 나라를 원망하면서 겁에 질리기 시작했다. 한 아이가 조금 떨어져 있는 친구에게 자기 옆으로 오라고 하자 친구가 무서워 움직이지 못하겠다고 했다.

그때 "승객들께서는 선내에 계신 위치에서 움직이지 마시고 잡을 수 있는 봉이나 물건을 잡고 대기해주시기 바랍니다."라는 방송이 나왔다. 방송이 나오는 동안에도 배가 자꾸 기울었다. 아이들은 배가 기울어질수록 나라를 원망했다.

"그런데 정말로 나라에서 배를 타고 수학여행을 가라고 한 거야?"

"그래, 우리 담임 선생님이 말해줬잖아. 나라 경제를 위해서 배를 타고 수학여행을 가도록 나라에서 권장한다고."

"그래, 생각나. 우리가 비행기로 가고 싶다고 했더니 선생님께서 그렇게 말씀하셨어."

"높은 사람들이 왜 그래? 미쳤나 봐, 모두."

"아, 정말, 수학여행 갔다 와서 내가 높은 사람들에게 따질 거야."

"맞아, 따져야 해, 우리 다 같이 몰려가서 죽을 뻔했다고 따지자."

"커튼 찍어, 커튼."

"손이 닿지 않아."

자기 옆으로 오라는 학생은 커튼을 뜯어 그걸 서로 이어 잡고 자기 옆으로 옮겨오게 할 생각이었다. 옆의 학생이 커튼을 뜯으려고 했지만 배가 기울어지면서 창문이 높아져버린 탓에 커튼을 뜯어내지 못했다. 순간순간 배가 기울어질 때마다 아이들이 주르륵 미끄러졌다.

"야, 진짜 너무 심해, 이건."

"우리 진짜 죽을 위기야. 이 정도로 기울었어."

"진짜 나 무서워, 오늘이 4월 16일!"

한 아이가 떨며 날짜를 기억했다.

"이것 봐. 우리 지금 벽에 붙어 있어."

"미쳤나 봐. 이런 상황에서 안전하니까 가만히 있으라고?"

"그러면서 자기네들끼리 다 나가는 거 아냐?"

"맞아, 지하철도 그렇잖아. 안전하니까 좀만 있어달라고 그랬는데 진짜로 좀 있었는데 죽었다고. 나간 사람들은 다 살고."

아이들은 점점 상황이 나빠져간다는 걸 직감하면서도 꼼짝하지 못했다. 한 여학생이 무릎을 꿇고 기도하기 시작했다.

"우리 반 아이들 잘 있겠죠. 선상에 있는 애들이 무척 걱정이 됩니다. 부디 한 명도 빠짐없이 안전하게 수학여행 갔다 올 수 있도록 도와주세요. 아멘."

그 여학생은 다른 객실에 분산되어 있는 친구들을 걱정하면서, 그래도 제주도로 갈 수 있다고 믿고 있었다. 그래서 한 명도 빠짐없이 안전하게 갔다 올 수 있도록 도와달라고 기도를 한 것이었다. 다시 방송이 나왔다. 앞에 했던 것과 똑같이 객실에서 움직이지 말라는 말을 되풀이했다.

마치 적군이 아군의 진영을 함락해 들어오듯 물이 점점 빠르게 배 내부로 차올랐다. 2층이 고스란히 물속으로 잠겨버리고 말았다. 3층 객실에서는 김동연이 휴대폰을 열어 "코드블루, 코드블루, 지금 전기가 통제됐구요."라며 상황을 동영상으로 찍기 시작했다. 그때 다시 방송이 나왔다. 해경 헬기가 날아오고 해경 경비함이 달려오고 있으니 뭐든지 붙잡고 10분만 견디어달라고 했다. "구조가 오면, 얼마나 위험한 상황이냐구요!"라고 동연이가 고함을 질렀다. 동연은 두려움을 이기지 못해 "나도 꿈이 있는데, 나는 살고 싶은데! 나도 할 일이 많은데!"라며 마치 성난 사자처럼 울부짖었다.

5층 승무원에서 한 여성이 급히 뛰쳐나왔다. 승무원 박지은이었다. 그때 물이 3층으로 쳐들어오고 있었고, 하늘에선 해경 헬기가 도착하여 구조 바구니를 내리며 날개가 빙빙 돌고 있었다. 5층 객실에 있던 최현주, 전수진, 유해리 등 여교사들도 구명조끼를 입을 새도 없이 급히 5층을 나와 아이들이 있는 객실로 향했다. 그리고 가던 중 4층 객실 비상구에서 교사 남윤찬을 만났다. 4층 객실에 있던 남윤찬은 상황을 살피기 위해 비상구에 나와 있었다. 마침 박지은이 그들을 발견하고 "선생님들은 빨리 5층으로 올라가 헬기 바구니를 타세요."라고 소리쳤다. 교사들은 박지은 말을 듣지 않고 서둘러 아이들이 있는 객실로 향했다. 남윤찬은 4층 객실로 들어가고, 최현주, 전수진, 유해리는 3층으로 내려갔다.

4층으로 간 남윤찬은 방송과 반대로 "빨리 여기서 나가야 한다."라고 아이들에게 소리쳤다. 남윤찬의 말은 어수선한 상황에서 아이들에게 제대로 전달되지 않았다. 남윤찬의 말을 알아듣는 아이들도 선뜻 움직이지 않았다. 객실에서 움직이면 안 된다는 방송을 더 믿고 싶어 하는 표정이었다. 남윤찬이 "내가 책임진다. 무조건 나가야 해!"라고 소리쳤다. 몇 명의 아이들이 일어섰다. 한 아이가 구명조끼가 없다고 소리쳤다. 남윤찬은 급히 자기가 입고 있는 구명조끼를 벗어 그 아이에게 입혀주며 아이들을 객실 밖으로 몰아냈다. 그리고 아이들에게 바다로 뛰어내릴 것을 명령했다.

"모두 눈을 감아."

아이들은 모두 눈을 감았다.

"자, 뛰어내려!"

뛰어내리라는 남윤찬의 말에 아이들은 되려 눈을 번쩍 뜨며 몸을 떨었다.

"선생님, 무서워서 못 하겠어요."

"무서워서 눈을 감을 수가 없어요."

아이들은 시퍼런 바다를 바라보며 울부짖었다.

"눈을 뜨고는 뛰어내리지 못한다. 어서 눈을 감고 뛰어내려! 그래야 살아."

남윤찬은 다시 명령했다.

"선생님, 바다에는 사다리가 없잖아요."

한 여학생이 부들부들 떨며 말했다.

"뭐, 사다리?"

여학생의 말에 순간 남윤찬은 당황했다. 나는 어린 시절 바다에 빠졌을 때를 떠올리며 아이들의 공포를 짐작하고도 남았다. 남윤찬은 잠시 당황했지만 다시 아이들에게 뛰어내릴 것을 명령했다. 남학생 하나가 용기 있게 뛰어내렸다. 그 아이의 뒤를 따라 또 한 명이 뛰어내렸다. 줄지어 다섯 명의 아이들이 뛰어내렸다. 그때 한 아이가 뛰어내리려다 말고 "선생님은요?"라고 했다. 그러자 남윤찬은 "빨리 뛰어!"라고 호통치며 그 아이 등을 바다로 떠밀었다. 바다에 사다리가 없다며 떨던 여학생도 있는 힘을 다해 눈을 감고 바다를 향해 몸을 날렸다.

배가 끄르륵, 하고 소리를 내면서 선체를 틀기 시작했다. 배 밑 부분이 점점 하늘로 향했다. 객실 벽이 바닥이 되어가고 객실 바닥이 벽이 되어가고 있었다. 3층 객실로 드나드는 출입문이 열려 있고, 그곳이 이쪽과 저쪽으로 건너가야 하는 허공으로 변했다. 그 허공을 건너야 객실을 나올 수 있고, 바다로 뛰어들 수 있었다. 마침 3층으로 달려온 승무원 박지은이 출입문을 닫은 다음 잠가 다리를 만들어주었다. 사람들이 줄지어 출입문 다리를 건너 어선과 보트에 탔다.

수문이 열린 댐처럼 급격하게 차오른 물이 3층을 점령하기 시작했다. 3층에는 식당, 편의점, 안내실, 레크리에이션실, 어린이방, 노래방 등 편의시설이 집중되어 있는 탓에 사람들이 3층에 제일 많았다. 3층으로 내려온 교사 최현주와 전수진은 객실로 가고 유해리는 식당으로 갔다. 교사 이해성과 고창준도 3층 객실에서 아이들을 대피시키기에 바빴다. 그들도 남윤찬처럼 아이들을 밖으로 이끌어낸 다음 바다로 떠밀었다. 이번에도 한 아이가 "구명조끼를 못 입었어요."라고 외쳤다. 고창준이 입고 있던 구명조끼를 벗어 그 아이에게 입혀 바다로 떠밀었다.

배가 다시 끄르륵 소리를 내며 몸을 틀었다. 배가 크게 흔들렸다. 승객들의 비명 소리가 뒤엉키기 시작했다. 이해성과 고창준이 다른 객실로 이동하다 거대한 우물로 변해버린 객실로 떨어졌다. 그들은 그대로 물속으로 잠기고 말았다. 4층에서 어렵게 객실을 돌며 학생들을 찾던 남윤찬도 3층 객실로 떨어져 물속으로 잠기더니 보이지 않았다.

3층 갑판에서 중년 남자가 바다로 뛰어내리려다 말고 뒤돌아섰다. “아저씨, 살려주세요!”라는 애원 때문이었다. 아이들이 우물로 변해버린 객실에서 위로 향해 팔을 뻗으며 애원하고 있었다. 일곱 명이 있었고 물이 아이들 무릎까지 차오르고 있었다. 남자는 서둘러 소방 호스를 풀어내려 아이들을 한 사람씩 끌어 올렸다. 아이들이 소방 호스를 붙잡으려고 몸부림쳤다. 소방 호스를 잡지 못한 아이들이 벽을 타고 기어오르려다 떨어졌다. 남자가 세 명을 끌어 올렸을 때 떨어진 아이들 어깨까지 물이 차올랐다. 남자는 초를 다퉈 다시 소방 호스를 아래로 내렸다. 그때 물이 벼락같이 밀려들어 나머지 아이들을 덮쳐버리고 말았다. 팔만 물 위로 나와 있었다. 아이들은 소방 호스를 잡을 수가 없었다. 다시 물이 밀려들었다. 남자는 애가 타게 소방 호스를 흔들었지만 아이들은 손끝조차도 보이지 않았다. 그때 누군가 빨리 보트를 타라고 독촉했다. 어쩔 수 없이 보트를 탄 남자는 가슴을 쳤다.

박지은은 아이들이 식당에 몰려 있다는 것을 알고 다시 그곳으로 뛰어갔다. 거기에서 결혼을 한 달 앞둔 예비 신혼부부 정현숙과 김기섭을 만났다. 정현숙은 여객선에서 일하는 승무원이었고 김기섭은 아르바이트를 하러 온 처지였다. 두 사람은 냉장고며 집기들 밑에 깔린 학생들을 빼내느라 안간힘을 쓰고 있었다. 박지은

이 달려들었다. 두 사람을 꺼내어 대피시키고 돌아서자 물이 벼락같이 밀려들었다. 그때 어디선가 학생들이 물에 떠밀려 들어왔다. 세 사람이 떠밀려온 학생들을 식당 밖으로 밀어냈다. 학생들을 밀어내고 다시 주변을 둘러보는데 물이 다시 밀려들었다. 박지은, 정현숙, 김기섭 세 사람 모두 물속에 갇히고 말았다. 어디로든 건너갈 수도 나갈 수도 없었다.

그런 상황에서 박지은이 느닷없이 정현숙을 향해 "너희들 다음 달에 결혼하잖아?"라고 물었다. 정현숙이 "그래요. 5월 15일 오후 2시에."라고 했다. 박지은이 살아날 수 없다는 것을 알고 두 사람을 향해 "지금 빨리 결혼해라."라고 하며 큰 소리로 울었다. 정현숙과 김기섭이 서로를 끌어안았다. 그때 물이 세 사람 머리 위로 쑥 올라왔다. 더 이상 그들을 볼 수 없었다.

아이들을 살리려 이리 뛰고 저리 뛰던 교사 최현주, 전수진, 유해리도 보이지 않았다. 바다를 바라보며 낭만을 이야기하던 여학생들, 객실에서 동영상을 찍으며 수학여행 다녀와서 높은 사람들에게 찾아가 따지겠다는 여학생들도 보이지 않았다. 동영상을 찍으며 "나 살고 싶어요! 무서워요!"라고 울부짖던 동연이도 보이지 않았다.

물은 3층을 삼킨 다음 4층과 5층으로 진격하기 시작했다. 나는 이제 마지막으로 가장 참담한 아이들의 최후를 목격해야 했다. 밤마다 꿈속에서 나를 힘들게 했던 상황이었다. 승객이 가장 많았던

4층이 잠기면서 비명 소리가 여기저기서 아우성쳤다. 목까지 차오른 물속에서 마지막으로 부르짖는 절규였다. 급하게 아이들이 사라져갔다. 어떤 아이는 얼굴 절반만 보였고 어떤 아이는 머리끝만 보인 채 두 팔을 허우적거리다 사라졌다.

"내 등을 딛고 올라서, 어서!"

그래도 어딘가에서 살아 있는 아이들의 말이 들려왔다. 4층 어느 객실에서 한 용감한 남학생이 여학생들에게 자기 등을 딛고 올라서서 밖으로 나가라고 재촉하고 있었다. 여학생들이 차마 그 남학생 등을 딛지 못한 채 망설였다.

"빨리! 제발 빨리!"

"못 해, 차라리 죽자. 우리 함께 죽어!"

아이들의 말이 채 끝나기도 전에 배가 다시 몸을 틀면서 물이 와르르 밀려들었다. 아이들이 서로서로 끌어안으며 물속으로 사라졌다. 그 상황은 내가 꾼 꿈에서 자꾸 재연되었던 상황이었고 이명으로 들리는 그 비명이었다. 또 다른 객실에서도 똑같은 상황이 벌어지고 있었다. 남학생이 겨우 벽에 붙은 뭔가를 붙잡고 아래 여학생을 향해 소리쳤다.

"내 옷에 네 옷의 끈을 매, 빨리."

여학생이 남학생 구명조끼에 달린 끈에 자기 구명조끼 끈을 붙잡아 맸다. 남학생이 우물 입구로 변해버린 출입구 쪽을 바라보고 있었다. 남학생은 물이 더 차오르기를 기다리고 있었다. 물이 목표지점까지 차오르면 여학생을 달고 출입구를 향해 헤엄을 쳐 탈출할 생각이었다. 천장에도 남학생 두 명이 박쥐처럼 매달려 있었다. 그 아이들도 물이 목표지점까지 차면 헤엄을 쳐 출입구 쪽으로 나갈 준비를 하고 있었다. 끄르륵, 끄르륵, 하는 소리가 들리면서 물이 빠르게 차올랐다. 끈으로 여학생을 매단 남학생과 박쥐처럼 매달려 있던 남학생들이 헤엄을 치려고 벽에서, 천장에서, 떨어졌다.

그때 배가 기우뚱하더니 몸체를 틀었다. 배가 거꾸로 뒤집히고 말았다. 밑바닥이 하늘과 마주 보고 객실이 바다로 향했다. 아이들이 거꾸로 처박혔다. 잠시 후에 아이들 머리가 솟구쳐 올랐다가 사라지곤 했다. 나는 아이들의 머리가 솟구쳐 오를 때마다 “내 손을 잡아!”라고 소리치며 손을 뻗쳤다. 아이들은 더 이상 비명을 지르거나 살려달라는 말을 하지 못했다. 기적처럼 한 아이가 나를 향해 손을 뻗쳤다. 서로 필사적으로 손을 뻗쳤지만 닿지 않았다. 서로 손을 뻗칠 때마다 닿을락말락 하다 놓쳐버렸다. 나는 중학교 때 파도에 파묻혀 잠수부처럼 몸이 물속 깊이 내려가기 시작했던 일, 날 일(日) 자로 꿋꿋하게 선 채 물 위로 올라가려고 몸부림치면서 엄마가 있는 세상으로 올라가야 한다는 간절한 몸부림, 미친 듯이 두 팔을 휘저으며 물을 잡고 위로 올라가려고 했지만 물속엔 나무나 사다리가 없었던 상황을 다시 경험하면서 “살려줘!”라고 소리쳤다.

심 씨가 나를 붙잡아 세웠을 때 내 입에서 "살려줘!"라는 외마디가 계속되고 있었다. 사람들이 나를 흔들어 깨웠다. 나는 비로소 눈을 떴다.

"이건 꿈이 아니야."

눈을 뜨면서 나는 꿈이 아니라고 외쳤다.

9

큰일이 끝나고, 나는 며칠 동안 앓아누웠다. 온몸이 천근처럼 무거운 몸살을 앓으면서 비몽사몽간에 "꿈이 아니야."라고 외쳤다. 정신이 들자 슬픔이 밀려왔다. 그건 영화보다 더한 현실이었다는 걸 인식할수록 가슴이 미어졌다. 내가 환상을 통해 봤던 것은 광화문광장에서 본 아이들의 동영상과 일치했다. 그러니까 내가 본 환상은 그때 봤던 동영상과 그동안 뉴스를 통해 들었던 세부적인 내용과 내가 목격했던 일들이 연결된 것이었다. 다만 광화문광장에서 동영상을 볼 때는 지금처럼 사건이 연결되지가 않았다. 그냥 놀라고 안타깝고 슬플 뿐 아이들이 얼마나 억울하게 죽어갔는지를 이만큼 실감하지 못했다. 아이들이 "미쳤나 봐, 모두." 라고 한 말도 그때는 깊이 알아듣지 못했다. 나라 경제를 위해 아이들을 배로 수학여행을 보낸 나라를 원망하는 심정을 이해하지 못했었다.

나는 아이들이 한 "미쳤나 봐, 모두."라는 말을 곱씹으며 이민구가 부장님에게 "중요한 일일수록 근원으로 돌아가라."라고 했던 말을 떠올렸다. 비로소 근원으로 돌아가 생각하기 시작했다. 일본이 버린 쓰레기, 속은 썩고 겉만 번지르르한 배, 이미 일본에서 한 번 증축하여 늘려놓은 배를 우리나라 기업이 사다가 다시 불법으로 배의 층수를 증개축하여 화물을 몇 배로 과적했던 배, 그래서 가분수가 되어 드센 물살을 이겨내지 못한 채 넘어져버린 배는 결국 나라가 특별히 만들어낸 거대 재앙이었다. 국가는 그런 배를 바다에 띄워 돈벌이를 해도 좋다고 허가를 내주었으니 아이들 말대로 나라도 해운사도 모두 미친 짓이었다.

나는 그런 생각에 가득 찬 채 분노했고, 분노할 때마다 가슴이 아팠다. 가슴속과 가슴 겉이 함께 아팠다. 심 씨가 계속 우리 집에 머물면서 나를 지켜봤다. 날마다 내 가슴을 쓸어내리며 쉬지 않고 기도를 해주었다. 그리고 어느 날 기도를 마치고 심 씨가 내 가슴을 열어젖히며 "이걸 보게."라고 했다. 나는 가슴을 내려다보는 순간 "앗!" 하고 비명을 질렀다.

"내 몸이 왜 이렇죠?"

누가 손바닥으로 수십 번 후려친 것처럼, 가슴에 손바닥과 흡사한 붉은 자국이 나 있었다. 붉은 자국은 분명 손 모양이었다. 무서운 생각이 들었다. 심 씨가 그동안 내 가슴을 쓸어내리며 기도를 한 탓인가 싶기도 하고, 내가 대를 잡았을 때 몸부림친 탓인가 하는 생각도 들었다. 한편으로는 무슨 몹쓸 병에 걸린 건 아닌가 하는 생각도 들었다.

"꽃을 피운 거라네."

"꽃을 피우다니요?"

"그들을 만난 화인이란 뜻이지."

"무슨 말씀인지 전 도무지?"

"그들이 살려달라고 자네 가슴을 애타게 친 증거라고 하면 알아듣겠는가."

"그럼 톱질하듯 가슴이 아팠던 이유가?"

나는 소리치듯 말했다. 그때 마지막 순간 유리창을 치던 손바닥이 내 가슴을 친 것이라는 생각이 든 탓이었다.

"그들이 왜 자네 가슴을 쳤는지 잘 생각해보게."

"알 것 같아요."

"자넨 그들의 최후를 봤어."

"그걸 어떻게 아시죠?"

"난 일을 할 때 일에 관련된 전반 사항 모든 걸 조사하지. 중요한 일일수록 더욱더 철저하게."

"그래요. 저는 아이들의 최후를 분명히 봤어요. 그리고 물속의 그 처절한 사투를 알아요. 물속엔 사다리가 없다는 걸 누구보다도 잘 안다구요."

"그렇다면 자넨 뭘 했나? 가엾은 아이들을 두고 세상이 전쟁하듯 시끄러운데 자넨 어디서 뭘 했는지 묻지 않을 수가 없군."

심 씨는 그렇게 말하며 내 얼굴을 정면으로 바라보았다. 마치 이실직고를 받으려는 수사관 같았다. 그의 성미가 불의를 보면 못 참는다는 말이 떠올랐다. 나는 심 씨 앞에서 거짓말을 하거나 어설프게 변명해서는 안 된다는 강박감에 쫓겨 "지금까지 침묵했습니다."라고 소리치듯 말했다.

"솔직하군. 자네 말대로 지금까지 침묵했다면 현장을 목격한 사람으로서 직무유기야. 왜 그랬는지는 자네가 잘 알고 있겠지."

직무유기라는 말과 함께 부장님이 떠올랐다. 지금까지 부장님 앞에서 침묵으로 일관했던 내 행위를 생각하자 나에게 분노가 치밀었다.

그때 휴대폰이 울렸다. 뜻밖에도 부장님이었다. 언제 상경할 거냐고 물었다. 이젠 내 상사가 아닌데도 부장님은 여전히 내가 자기 부하직원인 것처럼 말했다. 평소보다 열 배나 친절한 말투였다. 나는 대답하지 않았다. 부장님은 내가 낸 사표를 쓰레기통에 처박아버렸다고 하면서, 어서 올라와 술 한잔하자고 했다. 그래도 나는 대답하지 않았다.

부장님은 내가 대답하기를 기대하지 않은 채 혼자서 계속 말을 했다.

"김 대리, 왜 사표를 낸 거야? 몸이 아프면 쉬어가면서 하면 되는 일인데, 아무튼 일이 자꾸 밀리고 있어. 우리 부서에 김 대리 없으면 안 된다는 거 잘 알잖아. 이 계통에 김 대리만 한 능력자가 어딨어?"

부장님의 말이 아부로 들렸다. 우리 회사에서 아니 우리 업계에서 나만 한 실력은 일반적인 수준이었다. 말단 이민구도 나보다 뛰어나면 뛰어났지 모자라지 않았다. 부장님이야말로 나보다 몇 배로 뛰어난 실력을 갖춘 분이다. 그런데 나를 시켜먹는 재미에 빠져 자신의 실력을 사장시킨 것이었다.

"이민구는 어떻게 됐죠?"

나는 문득 이민구가 걱정이 되었다.

"이민구? 사표 수리됐지. 그 자식 빨갱이 새끼는 거론하지 말자."

"도대체 이민구가 왜 빨갱이죠?"

"뭐? 김 대리도 그런 말 할 줄 알아?"

부장님은 내가 침묵을 깨자 어리둥절했다.

"이민구가 왜 빨갱이냐구요!"

"보수 반대는 좌파 진보고 좌파 진보는 빨갱이야."

부장님은 이민구에게 했던 말을 그대로 반복했다.

"보수와 진보, 우파와 좌파는 반대 개념이 아니잖아요."

나도 이민구가 했던 말을 그대로 했다.

"아무튼 우리나라에서는 보수의 반대는 좌파로, 좌파는 친북 종북 빨갱이로 통한다는 거 몰라서 그래?"

"부장님, 그게, 지금 우리에게 삼팔선보다 더 무서운 삼팔선이라는 거 모르세요? 그 지독한 억지 몰아붙이기를 언제까지 할 건데요? 도대체 왜 그렇게 사느냐구요."

"어, 김 대리답지 않게 왜 이래? 너 김 대리 맞아?"

"나답지 않다구요? 나다운 게 뭐죠?"

"아니, 이민구에게 전염이라도 된 거야?"

부장님 말대로 나는 지금까지 나답지 못했던 걸 한꺼번에 쏟아 붓고 싶었다. 부장님은 계속 이민구에게 했던 말을 그대로 하고 나도 이민구가 했던 말을 그대로 했다. 문득 내가 이민구가 된 기분이었다. 중요한 것은 내가 비로소 부장님을 향해 입을 열었다는 사실이었다. 실어증처럼 꽉 막혔던 말문이 비로소 터진 것이었다. 비겁함과 비루함의 딱지가 기한이 차서 뚝 떨어진 것만 같았다. 나는 달리는 말(馬)이 가속이 붙은 것처럼 계속 말이 하고 싶어졌다.

"부장님, 제발 그러지 마시라구요. 우리라도 그러지 말고 살자구요. 도대체 우리가 왜 정치인들을 위해, 그들의 권력 쟁탈을 위해 무모한 짓을 해야 하냐구요."

이민구가 부장님께 신파조로 애원했던 것처럼 나도 신파조로 나가기 시작했다. 그런데 헛일이었다. 부장님은 언제나 그렇듯이 "세상이 온통 빨갱이 새끼들 천지야!"라고 하면서 전화를 끊어버렸다.

회사에 복귀하지 않더라도 이젠 서울로 상경해야 한다는 생각을 하며 나는 날마다 방파제로 나가 바다를 바라보았다. 바다에서 보면 멀리 기약 없이 서 있는 크레인이 더 가깝게 보였다. 대를 잡으면서 보았던 아이들의 최후가 눈에 선했다. 아우성치는 소리가 들렸다. 수면 위로 마지막으로 보인 새까만 머리끝이, 가냘픈 손가락들이, 박쥐처럼 매달려 나를 애타게 바라보던 마지막 눈빛이 왜 한마디 말도 해주지 않느냐며 나를 질타했다.

"그래, 말할게, 꼭!"

나는 아이들의 최후를 부장님 같은 사람들에게 반드시 말해주리라 다짐했다.

그런데 좀처럼 섬을 떠나지 못했다. 어서 서울로 가야 한다고 마음먹으면서도 차일피일 시간만 보냈다. 낮에는 바닷가를 돌아다니거나 숙부처럼 돌을 건져 올려보기도 하고 저녁에는 컴퓨터에 매달렸다. 인터넷으로 여러 가지 뉴스를 읽었다. 서울에서 극장 천장이 무너졌다는 뉴스에 놀랐다. 중학생들이 단체로 영화를 보다가 변을 당했다고 했기 때문이다. 중상자가 더러 있지만 다행히 생명을 잃은 학생은 없다고 했다. 사고는 날마다 일어났다. 서울 지하철 5호선이 갑자기 멈춰버리면서 정전이 되어 암흑이었는데 승객들이 지혜롭게 행동해 인명사고로 이어지지 않았다고 했다. 어떤 지역에서는 땅이 꺼져내려 차와 사람이 빠졌지만 다행히 사람이 살아났으며, 어떤 곳에서는 산불이 나, 산이 축구장 수십 개나 되는 면적을 태워버렸다고 했다. 또 흑산도 인근에서는 150명을 태운 유람선이 좌초될 위기에서 어선들이 승객 전원을 안전하게 탈출시켰고, 경남 어느 섬에서는 낚싯배가 뒤집혀 35명이 죽거나 실종됐다고 했다.

삶이니까 사고는 언제나 일어날 수 있다는 이민구의 말은 맞는 말이었다. 정말 자고 나면 사고 소식이 인터넷 창을 채웠다. 나는 그렇게 뉴스를 읽으면서 한숨을 푹푹 쉬고, 어머니는 고개를 갸웃거리며 왜 서울로 가지 않느냐고 캐물었다. 잠시 쉬고 싶다고 둘러댔다. 어머니는 섬에 오래 있어봐야 이로울 게 없다면서 상경을 재촉했다. 아버지는 자식을 하루라도 더 붙들어둘 생각을 하지 않고 왜 자꾸 쫓아 보낼 생각만 하느냐고 어머니를 나무랐다.

"일 년에 많아야 두어 번 보는 자식인데 가고 싶을 때 가라고 내버려두드라고."

"네 엄마 저래 싸도 너 보내고 나면 방파제에 나가 한정 없이 바다를 바라보고 있지 뭐냐."

아버지는 내가 서운해할까 봐 그렇게 말하며 내 얼굴을 살폈다.

그런데 어머니는 무슨 생각을 했는지 깜짝 놀란 표정으로 나를 향해 입을 열었다.

"참말로 내가 미쳤구나. 사람이 살면 몇백 년이나 산다고 내가 너를 좇아 보내지 못해 안달인지 모르겠다."

"아니에요. 빨리 가야죠. 곧 갈 거예요."

어머니가 독촉하지 않아도 서울로 가야 하는데, 어서 가서 다른 직장을 찾아봐야 하는데, 그건 생각뿐이었다.

나는 상경을 미룬 채, 팽목항에서 아이들이 돌아오기를 기다리는 어머니들처럼 매일 진명호가 들어오는 시간이면 선착장이 있는 방파제로 나갔다. 그리고 오후 3시면 어김없이 들어오는 진명호를 맞이했다. 나는 정말 누굴 마중 나온 사람처럼 진명호에서 내린 사람들을 살폈다. 모두 우리 마을 아저씨, 아줌마, 할머니, 할아버지들이었다. 그런데 어느 날 외지인이 눈에 띄었다. 젊은 남자였다. 스타호 사고 전에는 관광객들이 떼를 지어 찾아왔던 터라 외지인이 눈에 띈다 하여 이상할 건 없었다. 젊은 남자가 점점 나와 가까워지자 나는 눈을 크게 떴다. 낯익은 얼굴에 놀람을 금치 못했다. 분명 말단 이민구였다.

"야, 이민구!"

나는 크게 소리쳤다. 기쁨이 충천하여 감당할 수가 없었다. 이민구가 화들짝 놀라며 나를 돌아봤다. 이민구도 뜻밖이라는 눈치였다.

"이민구 맞지?"

"어, 김 대리님! 정말 김 대리님 맞아요?"

이민구와 나는 오랫동안 만나지 못했던 죽마고우를 만난 것처럼 서로 얼싸안았다. 아니 죽마고우 이상이었다.

"도대체 여긴 웬일이야?"

"팽목항에 왔다가 여기까지 와버렸어요. 정말 대리님은 생각도 못 했는데."

나는 나를 보러 온 걸로 생각했다가 조금 서운했지만 상관없이 계속 반가웠다. 이민구는 사표를 내고 팽목항에나 가보자는 생각으로 내려왔다고 했다. 그랬는데 사고 현장을 안 보고 갈 수 없어 내친김에 동거차까지 왔다는 것이다. 이민구는 내 고향이 동거차라는 건 스타호 사고 때문에 알았지만, 그렇다고 섬에 내려온 줄은 꿈에도 몰랐으며 사표를 낸 것도 몰랐다고 했다. 그러고 보니 이민구에게 전화 한 통 못 했다는 것이 미안했다. 사실 큰일 때문에 다른 일을 생각할 겨를이 없었다.

여러 가지로 마음이 어수선한 나는 뜻밖에 이민구를 만나자 뭔가 힘이 솟구쳐오르는 기분이었다. 다음 날 당장 이민구를 데리고 산 정상으로 올라갔다.

"저기군요."

이민구는 내가 미처 가르쳐주기도 전에 아이들이 수장된 바다를 가리켰다. 크레인이 뻗치고 있는 탓이었다.

"대리님이 고향으로 내려온 심정 알 것 같아요."

"그런데 난 아무것도 하지 못했어. 한마디의 말도……. 내가 이민구를 얼마나 부러워했는지 모르지?"

"아니요. 대리님은 충분히 했어요. 지금도 마찬가지구요."

나는 이민구에게 망자들을 위해 우리 마을에서 큰일을 했다는 이야기를 해주었다. 그리고 내가 본 모든 것을 말해주었다.

"대리님이 그런 일을 했다는 게 믿어지지 않아요. 하지만 그 일이 무엇을 의미하든 이 지역 사람들의 간절함이 아이들의 영혼을 충분히 위로해줄 것 같아요."

나는 이민구와 함께 다음 날, 그다음 날에도 산으로 가 크레인이 버티고 있는 그곳을 바라보며 내가 지은 노래를 불렀다. 노래를 부르고 또 불렀다. 가만히 듣고 있던 이민구도 어느덧 따라 부르기 시작했다. 우리는 그렇게 며칠 동안 노래를 부르는 데 몰두했다. 이민구가 나보다 더 열심히 불렀다. 그리고 붉어진 눈으로 나에게 물었다.

"이 노래 누가 지은 거죠?"

"내 입에서 그냥 흘러나온 거야. 저절로."

"아, 어쩌면 이렇게 내 마음을 쏙 집어냈는지……."

"우리의 마음이 다 그런 거니까."

"그런데 맨 마지막 '멍하니 그냥 바라보기만 했어, 미안해, 산이 닳도록 미안해, 바다가 마르도록 미안해'는 우리 모두를 말하는 것 같아요. 아이들을 구해주지 못한 우리들 말이에요."

"이민구 말이 맞아. 그런데 나를 탓한 거야. 나는 내 눈앞에서 뻔히 보면서도 구해주지 못했으니까."

"눈앞에서 보다니요?"

그동안 우리 회사 직원들에게 내가 직접 배를 타고 나가 목격했던 스타호 침몰을 말해줄 기회가 없었다. 아니 말을 꺼낼 엄두가 나지 않았다. 그래서 까맣게 모르고 있는 이민구에게 나는 그날의 일을 자세히 말해주었다.

"노래가 저절로 흘러나왔다는 말, 맞아요. 그럴 수밖에 없어요. 그럴 수밖에."

우리는 섬에서 그렇게 슬픈 노래를 부르며 아이들에 대한 그리움을 달랬다. 노래를 부르고 나면 가슴속이 조금 후련했다. 그렇게 한 주가 지났을 때 이민구는 갑자기 생각이 났다는 듯이 부장님 말을 꺼냈다.

"참, 부장님 소식 들으셨어요?"

"부장님 소식?"

"하긴 여기에 계시니 알 턱이 없겠지요."

"사표 낸 사람이 회사 소식을 알 리 없지. 알 필요도 없고, 알고 싶지도 않고."

그러면서도 한편으로는 부장님이 업무로 쓰러진 건 아닌가 하는 생각이 번개처럼 스쳤다. 그럴 수도 있었다. 지금까지 나를 의지하다가 갑자기 업무가 과중했을 것이었다.

"이번에 서울에서 극장 천장 무너진 사고는 알고 계시죠?"

"뉴스에 나온 건데 알고 있지. 그런데 느닷없이 부장님은 왜?"

"그게 말이죠."

"혹시 부장님이 극장에 갔다가 다치기라도 한 거야?"

"부장님이 아니라 부장님 아들이 머리를 다쳤는데 안 좋은가 봐요."

"뭐라구?"

뜻밖이었다. 불과 며칠 전만 해도 나에게 전화를 걸어 한바탕 입씨름을 할 때도 아무 일이 없었던 사람이었다.

"병원에 들러 부장님 만나보고 왔습니다."

나는 이민구를 물끄러미 바라보았다. 정말 멋진 놈으로 보였다.

"이민구, 너 정말 괜찮은 놈이구나!"

나는 나도 모르게 '놈'이라는 말을 마구 해버렸다.

"당연한 걸 가지고 뭘요."

나는 부장님과 아이에 대한 생각에 잠겼고, 당연하다는 이민구의 말이 나를 독촉했다.

"내일 당장 상경해야겠어."

"병원에 가보시게요?"

"이민구 당신이 나를 가르쳤잖아."

"대리님이야말로 괜찮은 분이세요."

"천만에."

이민구의 말은 틀린 말이었다. 나야말로 부장님과 오랜 시간을 함께하면서 미운 정 고운 정이 한껏 쌓인 사람이니 당연한 일이었다.

우리가 병원에 들어서자 마침, 부장님이 정원 모퉁이에 서서. 고개를 쳐들고 허공을 바라보고 있었다. 옆에 우리가 서 있는 것도 모른 채 주머니를 뒤져 담배를 꺼내 입에 물었다. 내가 알기로 몇 년 전에 끊은 담배였다. 부장님 입에서 담배 연기가 숨 쉴 틈 없이 터져 나왔다. 조금 싸늘해진 가을바람에 부장님의 머리카락이 얼굴을 때렸지만 부장님은 그것도 의식하지 못하는 듯했다. 우리는 담배를 다 피울 때까지 기다렸다. 부장님은 담배가 손끝에 닿을 때까지 정신없이 피운 다음에야 비벼 끄고는 몸을 돌렸다. 그리고 나를 발견하자 장승처럼 우뚝 섰다.

"부장님!"

내가 성큼 다가가 부장님 손을 잡았다. 부장님은 여전히 멍한 표정으로 나를 바라보았다.

"부장님, 힘내셔야 합니다."

부장님은 눈시울이 붉어졌다.

"아이는요?"

"아직 깨어나지 못하고 있어."

"믿으세요. 반드시 깨어날 거라고 믿으시면 돼요."

"정말 그럴까?"

나는 내가 책임질 것처럼 말하고, 부장님은 구세주라도 만난 것처럼 비로소 내 손을 꼭 잡았다.

"그럼요. 믿으면 믿는 대로 되더라구요."

나는 중 2 때 아버지를 믿고 배에서 뛰어내린 걸 기억하며 자신 있게 말했다. 부장님은 정말 내 말을 믿고 싶은지 애써 고개를 끄떡였다. 그리고 잠시 머뭇거리더니 입을 열었다.

"이민구 씨, 언젠가 나보고 그랬지. 입장 바꿔 생각해본 적 있느냐고."

우리는 듣기가 거북하여 고개를 숙인 채 입을 떼지 못했다.

"그래서 내가 그랬지. 아무나 그런 일 당하지 않는다고."

"죄송합니다, 부장님, 제가 철이 없어서 그만……."

이민구는 민망하여 몸 둘 바를 몰랐다.

"어디 그뿐인가. 왜 재수 없게 내 아이를 그런 데 비교하느냐고 소리를 질렀던 것 같아."

"부장님."

이민구는 마치 자기 때문에 아이가 사고를 당한 것처럼 미안해했다.

"하늘이 노랗다는 말이 있지. 나 그 노란 하늘을 봤어. 하늘이 내려와 땅과 거의 붙어 있는데 그 하늘이 노란 거야. 정말 하늘과 땅 사이가 한 뼘이 될까 말까 한데 그 틈에 내가 끼어 있더라구."

부장님은 인간의 막다른 순간, 인간의 한계를 체험한 것이었다.

한 뼘이 될까 말까 한 하늘과 땅 사이에 낀 것 같았다는 것은 극에 달한 숨 막힌 순간을 충분히 느끼게 하고도 남았다.

"그게 부모의 심정이겠지요."

나는 아직 부모도 아니면서 부모처럼 말했다.

"구조대가 오는 시간이 천년만년 같더라구. 정말 한 발만 빨리 와줬어도 우리 아이 저리 되지 않았을 거라는 생각이 들 때마다 놈들을 박살을 내버리고 싶지 뭐야."

부장님의 숨소리는 이미 거칠어져 있었다. 그리고 거칠어진 숨을 진정할 틈도 없이 다시 담배를 꺼냈다.

"이런 후진국형 사고를 내고도 놈들 딴소리만 하더라니까. 정치하는 놈들 있지. 지놈들 권력투쟁, 자리싸움하는 일에는 번개처럼 움직이면서, 표 얻을 때는 오만 가지 아부를 떨면서, 아이들 생사가 달렸는데 아주 태연한 거야. 극장 주인 놈은 보험 처리하면 그만이라는 식이고. 도대체 믿을 사람이 없다니까."

부장님은 담배를 거푸 서너 번 빨아대고는 다시 입을 열었다.

"그런데 보험회사 놈들 또 뭐라는 줄 알아? 못 깨어날 바엔 차라리 죽는 게 낫다는 거야."

"직접 그런 말을 했단 말이에요? 도대체 어느 보험사가?"

나는 나도 모르게 흥분하고 말았다.

"내 앞에서 직접 한 건 아닌데. 그런 말이 들리지 뭐야."

부장님은 결국 그 말끝에 흑, 하고 울음을 터트리고 말았다. 스타호가 침몰했을 때 차라리 배가 가라앉기를 기다렸다는 소문이 떠올랐다.

우리는 아직 의식이 없는 아이를 만나본 다음 무거운 마음으로 병원을 나섰다. 가로수에서 샛노란 은행잎이 떨어지고 있었다. 우리는 약속이라도 한 것처럼 발걸음을 멈추고 떨어지는 은행잎들을 바라보았다. 마치 꽃잎처럼 하염없이 떨어지는 은행잎은 별무리처럼 반짝이며 허공을 통과하고 있었다. 천사의 무리처럼 보였다.

"마치 천사들이 하늘에서 내려오는 것만 같아요."

이민구는 내가 하고 싶은 말을 했다.

"대리님, 우리 아이들 보러 가지 않을래요?"

그것도 내가 하고 싶은 말이었다. 우리는 분향소가 있는 곳으로 향했다. 분향소는 여전히 사람들이 찾아오고 있었다. 교복을 입은 수백 명 아이들이 꽃 속의 꽃으로 웃으며 우리를 맞아주었다. 해맑게 웃고 있는 수밀도 고운 뺨과 물속의 사투가 극과 극으로 대비되었다.

나는 국기에 대한 경례를 하듯이 가슴에 찍힌 화인 자국에 손을 얹었다. 그리고 아이들을 바라보며 "이제 너희들의 그 처절한 손바닥이 세상의 가슴을 치도록 할게."라고 다짐했다. 나는 정말 그 최후의 손바닥이 세상의 가슴을 치도록 할 거라고 아이들과 약속하며 가슴속의 손바닥을 쓸어내렸다.

그리고 조문을 마치고 돌아서는데 이민구가 내 팔을 잡아당기며 "저기 좀 보세요!"라고 나직이 속삭였다. 이민구의 말은 나직했지만 들뜬 목소리였다. 나는 이민구가 고개로 가리킨 쪽을 바라보았다. 우리가 서 있는 줄 맨 끝에 뜻밖에 부장님이 고개를 숙이고 있었다.

"어떻게 할까요? 밖에서 기다렸다가 인사를 하는 게 좋겠죠?"

이민구는 반가움을 금치 못한 표정으로 나에게 물었다. 나도 마음 같아서는 당장 달려가 "부장님!" 하고 부르고 싶었다. 그런데 문득 부장님이 당황할 것 같다는 생각이 들었다.

"글쎄, 그냥 모른 척하는 게 낫지 않을까?"

말은 그렇게 했지만 사실 나도 이럴 때는 어떻게 해야 할지 알 수가 없었다. 우리는 일단 분향소를 나와 밖에서 주춤거렸다. 부장님을 기다린 것도 기다리지 않는 것도 아니었다. 그러면서 우리는 분향소 출입구를 자주 바라보았다.

그렇게 10분쯤 됐을까, 부장님이 나오면서 먼저 우리를 발견하고는 우뚝 발걸음을 멈추었다. 생각했던 대로 부장님은 무척 당황한 표정이었다.

"자네들이 여기에 올 줄 전혀 생각하지 못했는데."

"잘 오셨어요, 부장님."

"그럼요, 부장님."

내 말에 이민구가 맞장구를 쳤다. 부장님은 조금 멋쩍은 표정을 지으며 차를 가지고 왔으니 함께 타고 가자고 했다.

우리는 부장님 차를 타고 분향소를 벗어나 한참을 달렸다. 얼마나 달렸을까, 부장님이 담배 한 대 피우고 가자며 차를 세웠다. 부장님은 차에서 내려 담배를 피워 물었다. 우리도 차에서 내려 바람을 쐬었다. 주변에 들꽃이 피어 있었다. 들꽃이 쌀쌀한 늦가을 바람에 몸을 떨었다.

"바람에 꽃잎이 모조리 떨어져버릴 것만 같아요."

이민구가 들꽃을 안쓰러워했다. 이민구 말대로 바람에 꽃잎이 모두 떨어질 것만 같았다. 손을 내밀어 조심스럽게 들꽃을 부축해 주었다. 그러자 들꽃은 몸을 떨지 않았다. '아, 그랬더라면, 이렇게 그 아이들을 붙잡아주었더라면'이라는 한탄이 끓어올랐다.

그때 담배 피우기를 끝낸 부장님이 우리 곁으로 왔다. 그리고 허공을 향해 입을 열었다.

"그 아이들이 모두 내 아이로 보이더라구. 그땐 나와 전혀 상관없는 아이들이었는데 말이야."

부장님은 혼자 중얼거리고 있었다.

"세상이 슬퍼하는 눈물이 나에게는 왜 죽도록 듣기 싫은 소음으로 들렸는지, 노란 리본조차 왜 그렇게 혐오스러웠는지, 이해가 안 돼, 지금."

부장님은 계속 혼잣말을 하면서 심호흡을 펴냈다.

"정말 이해가 안 돼. 나는 지금까지 돈 관리하는 기계를 만드는 기계에 불과했던 거지. 만들어진 대로 작동하는 기계 말이야. 생각해보니 인간의 존엄도 기계적으로 생각했던 것 같아."

그쯤에서 부장님은 또 담배를 꺼내 물었다. 부장님 입에서 담배 연기가 폭탄처럼 터져 나왔다.

"저도 마찬가지였어요. 속으로는 그들을 위해 무언가를 해야 한다고 생각하면서도 언제나 부장님 앞에서 침묵했거든요. 두려워서요. 종북이니, 빨갱이니 하는 소릴 들을까 봐 두려워서요. 저도 이제야 알 것 같아요. 그건 순전히 나만을 위한 이기심이었다는 것을. 그래서 이제부터는 그렇게 살지 않기로 했어요. 정말 그렇게 비루하게 살지 않기로."

나도 부장님처럼 혼자 중얼거렸다. 부장님은 다시 말을 이었다.

"그때, 이민구가 나에게 그랬지. '중요한 일일수록 근원으로 돌아가라'는 말이 있다고. 그 말도 그때는 개소리로 들렸거든. 이제야 알았지 뭐야. 근원, 거기에 모든 게 숨어 있다는 걸."

나는 말 대신 내가 지은 노래를 불렀다. 이민구가 따라 불렀다. 부장님도 말을 멈추고 지그시 눈을 감은 채 우리가 부르는 노래에 귀를 기울이고 있었다. 노래를 듣고 있던 부장님의 눈시울이 붉어졌다. 부장님은 붉어진 눈으로 중얼거렸다.

"그래, 꽃들은 말이 없어. 그래서 문제야. 그게 문제라고……."

우리는 계속 노래를 불렀다. 우리가 부른 노래는 바람을 타고 어디론가 멀리 사라져갔다. 어쩌면 아이들을 찾아가는 것인지도 모를 일이었다. 제발 아이들이 있는 곳으로 찾아가주기를 나는 간절히 빌었다.

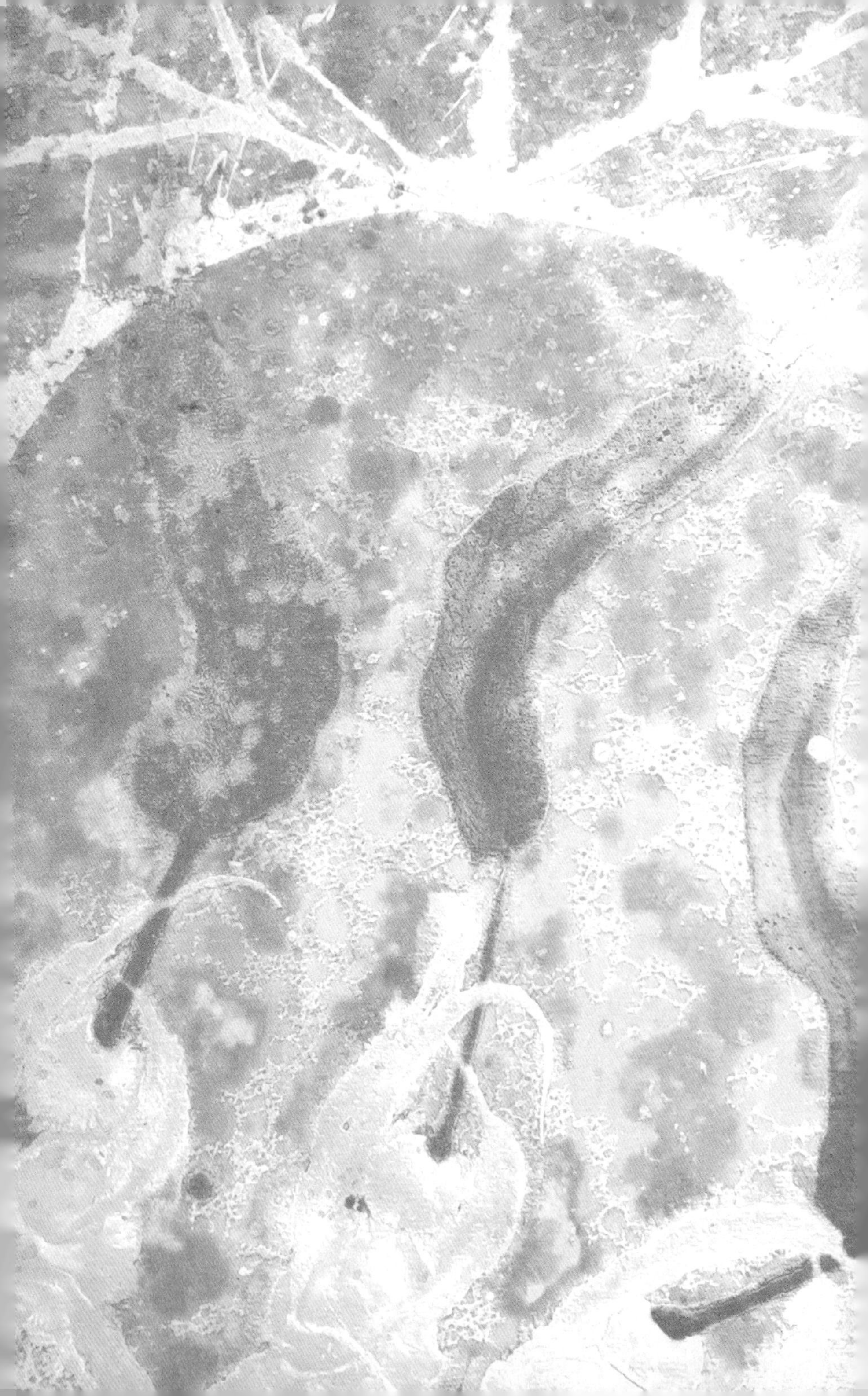

에필로그

그 후 꼬박 3년 만에 물속에 잠겨 있던 스타호가 세상에 모습을 드러냈다. 목포 신항 부두에 스타호가 올려지던 날 나는 서둘러 현장으로 달려갔다. 갓 피어난 꽃들, 수백 명 목숨을 앗아가버린 스타호는 괴물 같은 형체로 누워 있고, 돌아오지 못한 아이들은 유골이 되어 있었다. 무덤 같은 괴물의 몸체에서 아이들의 뼛조각이 하나, 둘 발견되었다.

진도 팽목항에서 날마다 바다를 향해 "은서야, 내일은 꼭 진명호 타고 와야 해."라고 실성하듯 부르짖던 어머니의 품에 은서는 한 조각 뼈가 되어 돌아왔다. 은서를 포함해 여학생 두 명과 교사 한 명과 일반인 한 명이 그렇게 돌아왔다. 그나마 나머지 다섯 명은 끝내 돌아오지 못했다. 아이들 가방과 명찰 달린 교복만이 그들을 대신했다.

그리고 다시 세월이 흘렀다. 2021년 12월 10일 오후 7시에 인천에서 제주로 가는 여객선이 첫 출항을 한다는 뉴스를 듣고 나는 자리를 박차고 일어났다. 7년 8개월 만이었다. 나는 즉시 예약을 하고 배가 출항하는 날 인천 연안여객터미널로 나갔다. 27,000톤급 유럽형 크루즈 여객선 비욘드 트러스트호가 기다리고 있었다. 스타호 네 배였다. '비욘드 트러스트'라는 이름, 스타호의 참사를 다시는 되풀이하지 않기 위해 '신뢰 그 이상을 넘어서는 의미'를 가진 이름이었다. 새로운 여객선 비욘드 트러스트는 예정대로 저녁 7시에 제주를 향해 출항하여 스타호가 다녔던 항로를 항해했다. 인천 연안을 벗어난 여객선은 충분히 속력을 낼 만한 바다에 진입하면서도 천천히 전진했다. 최대 속력 24노트를 가진 새 여객선은 12노트로 달렸다.

밤 항해는 신비로운 세계라는 걸 나는 누구보다도 잘 알고 있었다. 까만 밤하늘의 별들이 영롱하게 빛나고 있었다. 언제 봐도 신비롭기 짝이 없었다. 비욘드 트러스트는 마치 그런 밤 풍경을 마음껏 즐기라는 듯이 계속 같은 속력을 유지했다. 한겨울인데도 승객들이 많았다. 사람들은 추위를 아랑곳하지 않고 갑판에 나와 밤바다를 바라보고 있었다. 7년 8개월 전 그날 제주도 도착을 앞두고 배 갑판에 나와 들뜬 표정으로 수다를 떨던 여학생들의 재잘거림이 떠올랐다.

"바다는 참 신비하지?"

"난 그리스 신화가 떠올라. 포세이돈이 삼지창을 들고 불쑥 솟아오를 것만 같은."

"바다 어디선가 지나가는 선원들을 유혹한다는 세이렌이 나타날 것도 같아."

"그래, 엄청난 미모를 자랑하면서 아름다운 목소리로 노래를 불렀다는 여신들을 상상해봐."

"야, 여긴 그리스 바다가 아니라 우리나라 대한민국 바다라구. 그런 게 어딨어."

"참, 우리 바다에는 심청전이 있지. 아무튼 바다는 낭만이잖아."

"맞아, 바다는 낭만 그 자체야."

바다는 낭만 그 자체라며 그리스 신화를 이야기하던 아이들을 비욘드 트러스트호에 태웠더라면, 그랬더라면 얼마나 좋았을까 하는 생각이 가슴을 아리게 했다. 사람들도 황홀한 밤 풍경을 즐기기보다는 저마다 그날을 생각하는 것 같았다. 밤하늘의 별을 향해 소리치는 아이들을 제외하고는 어른들은 저마다 생각에 잠겨 있기도 하고 더러는 길게 심호흡을 펴내기도 했다.

항해 다섯 시간이 경과되었을 때 새 여객선은 동거차가 속해 있는 조도 바다에 진입했다. 마치 새떼가 모여 있는 것 같다 하여 조도(鳥島)라는 이름을 붙인 섬들의 출현, 점점이 섬들의 불빛은 칠흑 같은 밤바다에 떠 있는 또 하나의 별이었다. 나는 긴장하기 시작했다. 내 고향 동거차도와 가까운 맹골수가 흐르는 바다를 통과

해야 하기 때문이었다. 그런데 새 여객선은 맹골수가 흐르는 그곳을 피해 멀찍이 돌아가는 항로를 취하고 있었다. 시간을 절약하고 기름값도 아끼는 계산으로 수백 명 목숨을 앗아가버린 스타호가 가르쳐준 새로운 항로였다. 그렇더라도, 스타호가 침몰했던 맹골수와 새 여객선이 항해하는 길이 조금 다르다 하더라도 나는 마치 그날을 다시 보는 것 같은 심정을 감출 수가 없었다. 아직도 나는 트라우마에 시달리며 슬픈 노래를 부르고 있는 탓이었다.

나는 입속으로 내가 지은 슬픈 노래를 부르면서 찬란한 별이 반짝이는 밤하늘을 우러렀다. 마치 내 가슴속에서 꽃처럼 피어나듯이, 까만 밤하늘 가득히 그들이 반짝이고 있었다. 그들은 밤하늘을 찬란하게 수놓은 별이 되어 있었다. 서로 앞다투어 나를 향해 반짝이는 것이었다. 세상에서 가장 아름다운 별들이 자꾸 나를 향해 손을 흔들어주는 것이었다. 그들은 찬란한 별이 되어 새로 탄생한 여객선의 밤길을 지켜주고 있었다. 내 눈에서는 하염없이 눈물이 흘러내렸다. 가슴이 미어지도록 눈물이 흐르고, 퉁퉁 불은 별들, 눈물 머금은 별들은 밤새 잠들지 않고 우리의 길을 안내해주고 있었다.

작가의 말

작가에게 가장 행복한 시간은 작품을 쓰는 시간이다. 그런데 이 작품을 쓰면서는 전혀 행복하지 못했다. 대신 작가는 사회가 안고 있는 사회적 도덕적 위기의식을 일반인보다 더 민감하게 반응하는 존재라는 것, 따라서 작가를 일러 언어로 행동하는 지식인이라고 이르는 것에 대하여 많은 생각을 하는 시간이었다.

2014년 4월 16일 이른 아침 수백 명 아이들을 품고 수장된 대형 여객선 참사는 시인들, 작가들, 기타 다양한 예술가들을 많이 힘들게 했다. 이제 막 꿈을 향하여 날개를 펼치기 시작한 10대들이 대부분이었기에 더욱 그랬다. 해마다 4월이면 유행처럼 떠올랐던 엘리엇의 시 중에 "4월은 가장 잔인한 달"(「황무지」)이라는 내용이 가슴에 사무치기 시작한 것은 그때부터였다.(물론 그 내용은 다른 의미를 담고 있지만) 그것은 우리로 하여금 슬픈 노래를 부르게 만들었기 때문이다. 그런데 우리는 모두 함께 슬픈 노래를 부르지 못했다. 한쪽에서는 슬픈 노래를 부르고 한쪽에서는 슬픈 노래를 야유했다. 물론 막연한 구조 문제와

끝이 없는 공방이 지루한 장마처럼 지겹기 짝이 없었다. 답답하여 어서 벗어나고 싶었다.

하필이면 바다, 국민들이 지루해한 것은 먼저 사고 현장이 바다라는 공간 때문이기도 했다. 육지 사건과 바다 사건은 성격이 전혀 다른 탓이다. 육지 사건은 눈으로 목격할 수 있고 직접 확인할 수 있지만, 바다 사건은 일반인들에게 와닿기 어려운 환경적 조건을 안고 있는 탓이다. 그래서 이해하기 어렵고 공감하기도 어렵다.

두 번째는 정치적인 갈등 탓이었다. 어김없이 정치적 이념이 고개를 쳐들고 일어섰다. 우리는 어쩔 수 없이 어마어마한 슬픔도 정치라는 카테고리에서는 이념화된다는 것을 체험해야 했다. 억울함을 호소하는 유가족들을 향해 일부 극우들의 비난, 공격, 모욕이 무차별적으로 난무했다. 차마 귀로 들을 수 없는 무서운 말을 정치적 감정으로 여과 없이 퍼부었고 그것에 동조하는 언론도 있었다. 그것은 유가족들 가슴을 난도질했다. 그리고 유가족들과 슬픔을 함께하는 국민들에게도 치유하기 힘든 상처를 안겨주었다. 그렇게 우리 사회는 불합리한 상태로 세월이 흘러갔다. 그리고 이젠 지나가버린 과거 일이 되고 말았다.

그런데, 이미 지나간 과거 일을 나는 왜 써야 했을까? 지구가 돌고 있기 때문이다. 지구가 쉬지 않고 돈다는 것은 불변의 진리이다. 인간의 삶도 지구처럼 쉬지 않고 움직이면서 수만 가지 사건을 만들어낸다. 그리고 사건은 끊임없이 되풀이됨을 우리는 체험하게 된다. 그래서 과거에 대한 반성이 필요한 법이다. 현재는 곧 과거이며 과거의 미래이기 때문이다. 진정한 반성은 더 넓은 세계를 지향하는 희망을 창출하기 때문이다. 그러나 우리는 반성하지 않았다. 반성은커녕 그 지루함이 어서 까맣게 망각되기를 바랐다.

마르셀 프루스트가 "망각은 현재와 끊임없이 대립하면서 아직 살아남아 있는 과거를 파괴해가는 강력한 연장"(『잃어버린 시간을 찾아서』)이라고 했던 말이 선명하게 떠오른 건 그래서였다. 지나간 것은 망각해버리는 것으로 끝날 수 없다는 걸 프루스트는 강조한 것이다. 지구가 1년 동안 한 바퀴를 돌고 제자리로 돌아와 다시 돌기를 되풀이하듯이 지구에서 살아가는 인간에게 과거를 망각한다고 해서 사라지는 건 결코 아니다. 겨울이 지나가면 다시 봄이 돌아오듯이 우리의 삶은 1년 사계처럼 변화를 반복하게 마련인데, 과연 그때 우리는 옳은 생각을 했던 것일까.

사실 우리나라 사람들처럼 '우리'라는 말을 많이 쓰는 민족이 어디 있을까. '우리'는 하나 됨을 의미한다. 그런데 우리는 결코 우리 되지 못한 채 살아가고 있는 것이 현실이다. 여객선 참사는 그것을 극명하게 보여 주고도 남았다. 그때 우리는 너와 나 사이에 분명한 선을 그었다. 원인은 다름 아닌 정치였다. 사건을 책임져야 하는 정부와 책임을 따지는 야당 간에 공방이 벌어지면서 우리는 분열되었던 것이다. 사실 그때뿐만 아니라 정치적인 문제 앞에만 서면 우리는 참 이상한 우리, 모순적인 우리를 보여준다. 지지하는 정당에 따라 대립하고 갈라지게 된다. 어떤 문제를 두고 그것을 합리적 논점에서 토론하고 판단하기 전에 우리 사회의 극심한 병폐인 좌와 우, 보수와 진보로 대립하는 것이다. 국민은 정작 본인의 철학과 관계없이 지지하는 정당에 따라 이념적으로 치부되는 경향이 있다. 그래서 죽마고우, 막역지우도 갈라지고 가족도 갈라지는 게 우리 현실이다.

이대로 살아도 좋을까? 이는 분명 우리가 안고 있는 부조리한 현상이며 불합리한 의식이다. 따라서 이런 문제는 작가에게 언어로 행동할 것을 종용하게 되고, 대부분의 작가들이 그것을 사명으로 받아들이게 마련이다. 그래서일까, 이 작품을 쓰면서 행복하지는 못했지만 부족하나마 작가로서 소명감을 의식했다는 생각은 조금 들었다.

앞으로도 지구는 쉬지 않고 도는 불변의 진리를 수행할 것이다. 지구처럼 우리의 삶도 쉼 없이 돌고 돌면서 사건이 발생하고 되풀이될 것이다. 그리고 불행은 아무도 원하지 않고, 아무도 선택하지 않지만 누구도 피할 수 있다는 보장은 없다. 그러므로 함께 행복하기 위해, 함께 행복하기를 빌면서 슬픔의 노래를 망각하지는 말아야 할 것이다. 엘리엇의 시 "죽은 땅에서 라일락을 키워내고"(「황무지」)처럼 잔인한 4월이 다시 잠든 뿌리를 깨워 향기로운 라일락을 피워내야 하기 때문이다. 마치 선사시대 동굴벽화처럼 우리 모두의 가슴에 새겨져 있는 그날의 슬픔은 그들의 슬픔만으로 끝날 수 없기 때문이다. 무엇보다도 인간은 존엄해야 하기 때문이다.

졸지에 멀리 떠나버린 그들은 이제 성인의 나이를 먹었다. 무사히

여행을 다녀왔다면 대학을 졸업하고 지금 당당한 사회인이 되어 우리와 함께 인생을 논하며 삶을 고민하며 오늘을 살고 있을 것이다. 그런데 그들은 영원한 10대의 소년 소녀로 하늘나라 별이 되었다. 오늘 밤도 어느 하늘에선가 어둡고 험한 이 세상을 비추고 있을 것이다.

꽃들은 아직도 말이 없다. 말이 없는 그들 앞에 조용히 이 작품을 바친다.

첨기　소설의 성격상 해당 여객선 이름은 딴 이름을 사용했으며 희생자 이름은 본명의 한 자씩을 바꾸어 사용했음을 밝힌다.

2022년 여름

박정선

박정선 장편소설

꽃들은 말이 없다